13 RÖVID NOVELLÁK

Cathy McGough

Stratford Living Publishing

Ez a változat 2024 októberében jelent meg.

ISBN PAPÍRKÖTÉS : 978-1-998480-77-7

ISBN ebook: 978-1-998480-78-4

Cover art powered by Canva Pro.

MIT MONDANAK AZ OLVASÓK...

DANDELION BOR

U.S.

„A Pitypang bor egy jó érzésű novella, bár az utószó kicsit elszomorított, ahogy a dolgok változnak. Elég jó volt egy rövid időre ellátogatni egy olyan korba, amikor a dolgok még másképp voltak.

„Rövid, kedves történet az emlékek útján egy egyszerű életbe, egy adillikus nyári napon."

A LEGFÉNYESEBB CSILLAG

„A szerelem sosem marad el. Linda és William szerelmes életét foglalja össze ez a rövid történet. Egy történet a csalódásokról és a küzdelemről, miközben mindezeken keresztül kitart a szerelem mellett."

MARGARET KINYILATKOZTATÁSA

Kanada

„Perceken belül elkezdtem olvasni ezt a novellát, miután megvettem, és ha egyszer elkezdtem, muszáj volt befejeznem. Nagyon élveztem ezt a történetet. Jól megírt, és nem lehetett nem együtt érezni a főszereplővel. A végén lévő meglepetéstől pedig leesett az állam."

DARRYL ÉS ÉN

U.S.

„Kísérteties. Egy rövid keserédes történet egy nő tragédiájáról és a terhességgel való megküzdési kísérletéről."

U.K.

„Nagyszerű történet. Kiváló érzelmek. Nagyon együtt éreztem Cath és Darrylnel."

AZ ESERNYŐ ÉS A SZÉL

U.S.

„Sci-fi a legmodernebb és legidőszerűbb formában. Rövid jó olvasmány."

„A szerző fantáziadús sci-fi történetet pörget, amelyben veszélyes szelet, repülő esernyőt, forgó zöld palackot és egyebeket kavar. Rövid történet gyors akcióval."

India

„Micsoda izgalmas utazás! A sodrás szupergyors, az írás pedig következetes és gördülékeny. Valahogy Jerome K Jerome és a Három férfi egy csónakban című regényre emlékeztetett."

U.K.

„A rossz hétvégék anyja találkozik az idegennel. Száraz szellemességgel megírt bizzarro történet, amelyben egy földönkívülire emlékeztető hatalmas zöld tárgy, esernyők és fegyverek szerepelnek. Rendkívül fantáziadús, ha nem is őrült történet, amely az utolsó oldalig leköti az olvasót. Teljes mértékben a kreatív képzelőerőre, Cathy McGough. Lehet, hogy hangosan nevetni fogsz és kiöntöd a kávét."

HALÁLKÍVÁNSÁG

U.S.

„Tegnap este lefekvés után fél óra alatt olvastam el. Szomorú voltam emiatt az ember miatt, aki úgy érezte, hogy az élete értelmetlen. McGough a végsőkig vezeti az olvasót, és még akkor is, amikor már túljutott azon a ponton, ahonnan már nincs visszaút, fogalmad sincs, hogyan végződnek a dolgok. Remek történet, amit ebédszünetben vagy kávészünetben el lehet olvasni."

„Tetszett Cathy McGough kreativitása, ahogyan egy rövid, 20 oldalas novellát készített egy nagy, életet megváltoztató tapasztalattal egy olyan emberről, aki nem találta meg az élete célját."

„Ez a könyv már egy ideje a KIndle-emben volt, de amikor végre úgy döntöttem, hogy elolvasom, nem tettem le, amíg be nem fejeztem. Bár nagyon rövid olvasmány, a cselekmény és a karakterek teljesen kidolgozottak. Imádtam."

„Úgy olvasható, mint a Mesék a kriptából vagy a Twilight Zone egyik epizódja."

„Imádtam, és miközben olvastam, azt kérdeztem, hogy MIÉRT? Amikor megtudtam, elborzadtam, az ilyesmi a legrosszabb rémálmom."

U.S. AND U.K.

„A szerző ügyesen használja a szereplő belső monológját, hogy feltárja az életét és a döntést, amivel küzd. Egészen a végéig magával ragadott. Ez az ügyesen elmesélt történet nagyon szórakoztató olvasmány, és nagyon ajánlom."

Tartalomjegyzék

Dedikáció

Dianne-nek ajánlva

Preface

Kedves olvasók!

Ez a novellagyűjtemény hat olvasóim kedvencét tartalmazza, valamint hét új novellát, amelyeket a világjárvány idején írtam.

Azt mondják, „ki a régit, be az újat”, de én azt mondom, nézzük a teljes képet.

Kellemes olvasást!

Cathy

DANDELION BOR

1967-BEN VOLT, ÉS MÁR majdnem vége volt a nyárnak, amikor egy kavicsos zsákutcán végighúztam rozoga piros kocsimat. A kocsim kerekeinek csattogása ismerős hang volt az útvonalunk mentén élő emberek számára.

„Szép nap a sétához" - mondtam.

„Bizonyára az. Szép napot kívánok" - válaszolták.

Ha Sandra barátnőmnek és nekem szerencsénk volt, hoztak nekünk jeges vizet, kólát vagy limonádét. Bár nem a közelben laktunk, a legtöbben kedvesen bántak velünk. A legtöbb, de nem az összes háztulajdonos.

„Ne légy pesti", mondta mindig apa, és én nem voltam az. Mindig a saját dolgommal törődtem. Nem tétlenkedtem, és nem próbáltam felhívni magamra a figyelmet. Tehettem én arról, hogy a nyikorgó kerekek nyikorogtak?

Én egy céltudatos lány voltam, ezért nem számított, hogy fájt a karom, még ha azt kívántam is, bárcsak gyorsabban nőne. Nem számított, ha a kocsi felborult egy kátyúban, vagy ha az árokba gurult.

Még mindig az egyik házban lakó őrült nő járt a fejemben. Rettegtem attól, hogy egyedül menjek el a háza mellett.

Más látogatások alkalmával kiabált velünk, amiért nem csináltunk semmit. Vagy szidott minket. Egyszer még a kutyáját is kiküldte, nyáladzott és ugatott. A korcs úgy védte az utat, mintha az az ő birtokának része lett volna. Felnéztem a tetőre, ahol a régi kanadai zászlót lobogtatta a szél. Egyesek szerint nem volt hajlandó kitűzni az új zászlót a nagy juharlevelekkel. Ő és a kutyája a frászt hozta rám.

A lélegzetem felgyorsult, ahogy közeledtem a rettegett házhoz. Mivel zsákutca volt, nem volt más választásom, minthogy elhaladjak mellette. Megálltam, és hátranéztem, hátha jön Sandra. Még semmi nyoma nem volt.

Aztán eszembe jutott, hogy a zsebemben van a nagyi szerencsehozó nyúllába. Ez adott nekem bátorságot. Két kézzel végighúztam a kocsit, és siettem tovább.

Tudtam, hogy az öreg Lady Macguire ott van. Nem kellett látnom őt. Éreztem őt. A bal oldali házban, a függönyök mögött. Gonosz szemmel nézett rám. Utálta a gyerekeket, minden gyereket.

Néhány házzal később majdnem megbotlottam a cipőfűzőmben. Megigazítottam a szekeret, mielőtt leguggoltam, hogy visszatekerjem. Miközben ezt tettem, hátrapillantottam a vállam fölött, és láttam, hogy a függöny megrándul. Most már nem számított. Már nem voltam a gonosz tekintetének hatósugarában.

„Hé, várj meg! Várj meg!" - kísérte a barátom hangja a szandáljának a köves úthoz érő érintkezését. Végre a legjobb barátnőm is odaért. Sandra mindig mindenről elkésett.

Az ő irányába fordultam, és néztem, ahogy elszalad az öreg Macguire asszony háza mellett. Kifulladt, mire odaért hozzám. Egymás karjaiba estünk. Mindketten épségben eljutottunk az öreg boszorkány lakhelye mellett.

„Épp ideje volt!" Mondtam kissé türelmetlenül, amikor szétváltunk.

„Bocs, házimunkát kellett végeznem, és anya elhatározta, hogy kifésüli a hajamat. Azt mondta, hogy nyilvános szégyen vagyok!"

„Csinos a ruhád" - mondtam, megjegyezve a két elülső zsebet díszítő redőket és masnikat. Csinos volt, és teljesen alkalmatlan a gyümölcsszedéshez.

Sandra egyik kezével megragadta a szekér fogantyújának a felét, a másikkal pedig lenyomta a ruha elejét. „Utálom a rózsaszínt - mondta.

A keze az enyém mellé tökéletesen illeszkedett, és könnyedén tudtuk egymás mellett húzni a szekeret.

„Anya megígértette velem, hogy hazafelé menet megállok a sarki boltban, és veszek egy vekni kenyeret." A zsebébe nyúlt: „Látod, adott huszonnégy centet, plusz egy ötcentest, hogy elfelezhessünk egy banános jégkrémet".

„Ó, ez már valami, aminek örülhetünk." A banán volt a kedvenc ízünk.

Tovább sétáltunk. Valahol mögöttünk egy kutya ugatott.

„Ahhoz, hogy megkapjam a jégkrémpénzt, fel *kellett* vennem ezt a hülye ruhát."

„Nem hülyeség" - hazudtam, és azt kívántam, bárcsak lenne egy saját csinos ruhám, amit felvehetnék egy olyan napon, ami nem egyházi nap. Két testvérrel, egy húggal és egy újabb úton lévő babával nem valószínű, hogy egyhamar új ruhát kapnék.

Sandra azt suttogta: „Láttad őt?" Tudtam, hogy az öreg Lady Macguire-re gondolt. „Érezted ma a gonosz tekintetét rajtad?"

„Nem, mert keresztet vetettem az ujjaimra és a szememre." Hazudtam.

„Jó gondolat" - mondta, a súly nagy részét az oldalára tolva, és megkérdezte: »Akarod, hogy átvegyem és húzzam egy darabig?«.

„Nem, még összekoszolnád a ruhádat." Sandra felkacagott. „Együtt sokkal szórakoztatóbb" - mondtam, miközben Mr Holiday háza mellett sétáltunk el, majd tovább Mr és Mrs Otter háza mellett.

Már majdnem célunkhoz értünk, amikor elcsendesedtünk. Legjobb barátokként nem kellett állandóan beszélgetnünk. Utazásunk célja közös volt, ami Virginia Martin kisasszony *fekete ribizlibokrától függött. Ha sok ribizli volt, talán megengedte, hogy mi is vegyünk belőle. Ha kevés lenne a termés, akkor megint hiábavaló lett volna az utunk.

„Alig várom, hogy lássam, mennyi gyümölcs van - mondtam.

„Van egy olyan érzésem, hogy szerencsénk lesz - mondta Sandra.

Megálltunk, és megnéztük Virginia kisasszony házát. Az előkert mindig makulátlan volt, mintha a szél tudta volna, hogy a szemetet és a leveleket folyamatosan elfújja, hogy ne piszkolják össze a szép pázsitját.

Kislánykorom óta mindig barátságos arcokat kerestem a házakban. Anya azt mondta, hogy ezt a szokásomat idővel kinövöm.

Miss Virginia házának szokatlan, de kedves arca volt, két kerek ablakkal a tetején. Amikor a redőnyöket félig vagy teljesen lehúzták, úgy néztek ki, mint a szemhéjak. Ez a jellegzetesség más volt, mint bármely más ház, amit eddig láttam.

A szemek között egy orr nőtt. Egy téglából készült orr. A különbség az volt, hogy ezek a téglák felfelé álltak, míg a többi tégla oldalra állt. Kirázott a hideg, mert mintha az építő tudta volna, hogy csak nekem csinált egy orrelemet. Tudom, hogy ez valószínűleg hülyén hangzik.

Aztán az alatta lévő szájra, amelyet a kétszárnyú ajtók formáztak. A tetején lévő ólomüveg ablak úgy nézett ki, mint egy fogsor fogszabályzóval.

Imádtam állni és nézni a házat, mert ez egy olyan hely volt, ahol a természet is virágzott. Nevetve emlékeztem arra, hogy a vadul növő borostyán néha olyan hatást keltett, mintha a háznak bajusza vagy szakálla lenne.

Észrevettem, hogy Sandra a *Penny Lane-t* dúdolja. Mindig dúdolt, ha unatkozott. *A Beatles* rendben volt, de én jobban szerettem *a Stones-t*.

Sandra lesöpörte szőke haját az arcáról, miközben a legyek úgy zümmögtek körülötte, mintha az izzadtsága meghívás lenne a rajzáshoz.

Elengedtem a szekér fogását, és lábujjhegyre álltam, hogy átnézzek a kerítésen. Reméltem, hogy ezúttal elég magas vagyok, de nem volt szerencsém. Sandra is megpróbálkozott vele, mivel ő egy töredékkel magasabb volt, de ő sem látott át. Stabilan tartottam a szekeret, míg Sandra beszállt, és megpróbált átlátni, de még ez sem sikerült.

„Azt hiszem, jobb, ha felmegyünk és megkérdezzük - mondta Sandra.

„Rendben."

Behúztuk a kocsit Miss Virginia előkertjébe, leparkoltuk, aztán felsétáltunk a hosszú, virágokkal szegélyezett feljárón. A napraforgók bólogattak, meghajoltak előttünk, mintha királyi család lennénk, akik közöttük járnak. Néhány pitypang küszködött unokatestvérük árnyékában.

„Emlékszel, amikor apám megengedte, hogy megkóstoljuk a pitypangbort, amit készített?"

„Az volt a legszörnyűbb dolog, amit valaha kóstoltam" - mondta Sandra.

„Tudom, de akkor sem kellett volna kiköpnöd." Nevettünk, amikor eszünkbe jutott, hogy a bor szétfröccsent apa ingén. „Apa szerint nagyon durva voltál."

„Nem akartam az lenni." A lábára pillantott. „Hé, tudod mit? Kérhetnénk napraforgót, és eladhatnánk."

„Szépek, de maradjunk a tervnél. Smith asszony azt mondta, hogy két negyeddollárost (ötven centet) fizet nekünk annyi fekete ribizliért, amennyit el tudunk vinni, úgyhogy már van vevőnk. Nem ismerünk senkit, aki napraforgót szeretne."

„Csak arra gondoltam, valakinek talán kellenek a magok. De rendben van."

A barátomra pillantottam, és úgy döntöttem, hogy nem mondok többet a dologról.

A lépcső alján összeszedtük a gondolatainkat. Tapasztalatból tudtuk, hogy nem az számít, hogy mit mondunk, hanem az, hogy hogyan mondjuk.

Legutóbb kudarcot vallottunk, szánalmasan. Miss Virginia azt mondta, hogy a fekete ribizli még nem készült el. Elmondta, hogy milyen izgatott, hogy új recepteket készít az Éves Őszi Vásárra.

Miss Virginia híres volt a megyénkben, mivel számos aranyérmet nyert a fekete ribizlivel kapcsolatos receptekkel. Gyakran szerepelt a képe a helyi újságban, néha még a címlapon is.

Így hát jogában állt megtartani a gyümölcsöt magának, de a világ a megosztásról szólt. Reméltük, hogy sikerül meggyőznünk őt, hogy a fekete ribizli egy részét nekünk is juttassa.

Ezen a látogatáson bizonyára látszott az arcunkon a csalódás, mert Virginia kisasszony meghívott minket, hogy segítsünk neki almát és körtét szedni helyette. Felajánlotta, hogy fejenként tíz centet fizet nekünk, de ez sem volt elég ahhoz, hogy megkapjuk, amit akartunk. Megköszöntük a kedves és nagylelkű ajánlatát, de visszautasítottuk.

„Mi van, ha nemet mond?" Kérdezte Sandra, és összerezzent, ahogy a szemembe nézett.

Kinyújtottam a kezem, és megérintettem a barátnőm hosszú, szőke fürtjeit, majd egy kicsit meghúztam a tincset. „Gyere, derítsük ki!"

Sandra futni kezdett, de még időben utolértem, és a „DECORUM" szavakat mormoltam, amire Sandra azt válaszolta: „Huh?". „Lassabban", suttogtam. „Ne feledd, hogy fiatal hölgyek vagyunk."

Kuncogtunk. Sandra ismét lesimította a ruhája elejét.

Kivettem a kezem a zsebemből, és a kopogtatóhoz nyúltam. Mielőtt még hozzáértem volna, Miss Virginia kivágta az ajtót. Mosolygott, nemcsak a szájával, hanem a szemével is. Örült, hogy lát minket, ez jó jel volt.

„Kiket látunk itt ezen a szép reggelen?" - kérdezte, jól tudta, hogy kiket látott ott, mert Sandra és én egész nyáron visszajártunk. Több mint egy tucatszor felmásztunk a verandájára, és a fekete ribizli után érdeklődtünk.

„Mi vagyunk azok, én és Sandra" - mondtam, és mindketten pukedliztünk. Ez volt a legjobb pukedli próbálkozásunk, bár az igazi angol királynő talán nem így gondolta volna. Miss Virginia megtapsolt.

„Nocsak, nocsak - mondta Miss Virginia, miközben fel-le nézett ránk. Sandrát a csinos rózsaszín ruhájában, engem pedig az overallomban. „Hát nem úgy néztek ki..." Tétovázott. „Ti lányok emlékeztetnek engem..." Szünetet tartott, szavai és arckifejezése most megdermedt. A szemei szomorúvá váltak, de csak egy másodpercre. Elmosolyodott. „Ti ketten olyanok vagytok, mint egy kép, sőt, szeretnék egy képet készíteni rólatok, ha nem bánjátok."

A boldogból szomorúvá, majd újra boldoggá válásától megfájdult a gyomrom. Sandra-ra néztem, és megegyeztünk. Miss

Virginia behívott minket, hogy várjunk bent, amíg elkészíti a fényképezőgépet. A másik szobában hallottuk, ahogy kinyitja és becsukja a fiókokat.

„Aggódom a kocsi miatt - suttogta Sandra.

Hátráltam, és kinéztem az ablakon. „Minden rendben van." Ezután a szekéren tartottam a szemem, mert nem akartam, hogy megint eltűnjön.

Mint akkor, amikor bementünk egy pohár limonádéért. Mire újra kijöttünk, eltűnt. Sétáltunk és sétáltunk, próbáltuk megtalálni, de a szekérnek nyoma sem volt.

Sandra és én hazamentünk. Borzasztóan feldúlt voltam, sírtam, mint egy kisbaba. A szekér sokat jelentett nekem, a nyikorgó kerekek, meg minden. Karácsonyi ajándék volt a nagyszüleimtől.

A szüleink és a barátaink addig keresték, amíg fel nem gyúltak az utcai lámpák. Másnap feladtunk egy hirdetést a Talált tárgyak között. Az erdős területen túl találták meg, felborulva egy gazda földjén.

Mi, Sandra és én tudtuk, hogy ki tette oda. Persze, hogy az öreg Macguire asszony volt, de nem volt bizonyítékunk. Apa azt mondta, hogy bizonyíték nélkül soha ne vádoljunk meg senkit semmivel, de láttuk, hogy gonosz szemmel figyelt minket.

Éppen akkor tért vissza Miss Virginia egy Kodak Instamatic-kal. Láttam egy hirdetést róla apa Life magazinjában. A 104-es egy igazi dugó volt.

„Gyertek ide lányok."

„Nem lenne jobb a fény odakint?" Kérdeztem.

Elmosolyodott és kinyitotta a bejárati ajtót.

A verandán várakoztunk, és próbáltunk nem túlságosan izgulni, amíg Miss Virginia eldöntötte, hova álljunk, hogy a legjobb fényt kapjuk.

A tornác falának támaszkodtam, próbáltam megpillantani a fekete ribizlibokrokat, de nem sikerült.

„Hmmm - mondta Miss Virginia -, miért nem megyünk be a kertbe? Ha minden virágzik, csodálatos fotókat készíthetnénk."

Sandra és én elvigyorodtunk.

Lementünk a lépcsőn. Sandra egy gyors ugrással ért le a lépcső aljára, nagy megvetésemre. Miss Virginia úgy tűnt, nem bánja. Mögötte sétáltunk, és minden szavát magunkba szívtuk. „Itt nő a petrezselyem, és itt vannak a paradicsomjaim. Nahát, milyen magasra nőttek idén. Nincs is jobb a friss paradicsomszósznál. És itt van a pitypangföldem. Pitypangbort készítek belőle."

Sandra zihált, és arcot vágott.

Virginia kisasszonynak úgy tűnt, nem tűnik fel. „És itt van a feketeribizli-ültetvényem, de ezt persze ti, lányok, már tudjátok."

Igyekeztem nem túl izgatottnak látszani, és a vállam fölött hátravetettem egy pillantást a szekérre, felmérve, hogy mennyit tudunk egy út alatt elszállítani. Azt kívántam, bárcsak magunkkal vittem volna a kertbe.

Éreztem, ahogy Sandra karja az enyémet érinti. Észrevettem, hogy tátva lóg a szája, ahogy a ribizliket bámulja. Úgy nézett ki, mint egy kutya, aki a vacsorájára vár.

„Én bezárnám, ifjú hölgy - kiáltotta Miss Virginia -, hacsak nem akarsz legyeket fogni".

Sandra a keze mögé rejtette a száját.

Miss Virginia szinte kuncogva nevetett, miközben a virágzó fekete ribizlibokrokat néztük. A gyümölcsök ott lógtak, készen arra, hogy leszedjék őket. Sok-sok ribizli. Annyira izgatottak voltunk, hogy felsikoltottunk.

„Először a képek - emlékeztetett bennünket Miss Virginia. Miss Virginia megpróbálta megtalálni a lehető legjobb szöget, tekintve, hogy a fák elnyúltak a napfényben, árnyékot vetve.

Rájöttem, hogy ennyi szedésre váró ribizlivel Miss Virginiának szüksége lesz a segítségünkre, és több pénzt kell felajánlania nekünk, mint amikor az alma és a körte szedésére kért minket. Az alma és a körte esetében csak annyit tudtunk elérni, amennyit csak tudtunk. A ribizlibokroknál körbejárhattuk és minden egyes ribizlit leszedhettünk.

„Szedhetünk most már?" Sandra megkérdezte.

Megráztam a fejem, remélve, hogy nem szúrta el az esélyeinket.

„Szeretnék egy fényképet a fekete ribizlibokrokkal a hátuk mögött. Vigyázzatok most, ne nyomjátok össze őket, ne verjétek le a gyümölcsöt, és az isten szerelmére, ne egyetek belőle a fotó előtt, különben a kezetek és a szátok foltos lesz. Ó, most jutott eszembe. Na, lányok, ti csak várjatok itt, amíg én beosonok egy pillanatra."

Egyedül, pont a ribizli előtt helyezkedtünk el, mintha a nevünket kiáltották volna. Mi pedig téblábоltunk. Vártunk. Próbáltunk nem figyelni a suttogó fekete ribizlibokrokra. Meghívtak minket, hogy szedjünk egyet. Hogy kóstoljuk meg.

„Ez őrület - mondta Sandra. Kinyitotta és összezárta az öklét. Megfordult, és szembefordult a fekete ribizlibokrokkal.

Én is megfordultam. „Egyetértek. De ha megvárjuk a fekete ribizlit, egy délután alatt elég pénzt kereshetünk az eladásukkal."

„Igaz" - mondta Sandra, miközben szemügyre vette a gyümölcsfürtöket. „De nekem is kell egy"

„Ne tedd", mondtam.

„De ő sohasem fogja megtudni!"

„Oké, szedjünk egy bogyót."

„De olyan kicsik."

Sandra szedett egyet, és én is. A számba pattintottam, és az édes és savanykás íze miatt még egyet akartam. És még egyet. Felkaptunk egy maréknyit, és a szánkba dobtuk őket. A ribizli leve beterítette a nyelvemet.

Miss Virginia visszatért a kertbe.

Elég látványosnak tűnhettünk. Sandra, akinek az arca és a ruhája tele volt a levével. Én a zsebembe dugva a kezem.

Miss Virginia nem haragudott ránk. Ehelyett azt mondta: „Ó, nézzenek oda, milyen szép a ruhád." Megrázta a fejét. Aztán arrébb lépett. „Mára ennyi volt, lányok. Most pedig menjetek haza."

„De Miss Virginia. Mi lesz a fekete ribizlivel?"

„Igen" - mondta Sandra - "Sajnáljuk, hogy nem vártunk, de hívogattak minket."

Miss Virginia felnevetett. „Emlékszem, amikor a nővéreimnek és nekem szóltak."

Megint elszomorodott, és a gyomrom azt a furcsa dolgot csinálta. „És mi lesz a képekkel?"

Miss Virginia megkért minket, hogy foglaljuk el a helyünket, aztán azt mondta: „Mondjátok, hogy »sajt«." Néhány fotó után megkérdezte: „Egyébként is, miért érdekel titeket annyira a fekete ribizlim?”.

Sandra a fülembe súgott, és megegyeztünk, hogy mindent elmondunk neki.

„Miss Virginia, annyi pénzt szeretnénk keresni, hogy barátságkarkötőt tudjunk cserélni. Láttuk őket a piacon, és negyed dollárba kerül egy darab” - mondta Sandra.

„A piaci hölgy maga készíti őket. Azt mondta, hogy csinálhatnánk egy barátsági ceremóniát, és akkor egy életre a legjobb barátok lennénk.”

Virginia kisasszony először nem szólalt meg. Ehelyett kisétált a kapun, mi pedig követtük. Megállt, és megérintette a napraforgók arcát, mintha a virágok régi barátok lennének. Úgy tűnt, elmerült a gondolataiba.

Azon tűnődtem, vajon nem kérünk-e túl sokat, miközben túl keveset adunk cserébe.

„Jöjjenek velem - mondta Virginia kisasszony, miközben pitypangot kezdett szedni. Amikor megtelt a karja, átadott néhányat Sandrának, majd még többet szedett, és átadta nekem. Még mindig nem fejezte be, még többet szedett, és a ruhája elejébe tartotta őket. Leült, és egy kupacot rakott a szedett pitypangokból. Megkért minket, hogy a mi virágainkat kombináljuk az övével. Mi is leültünk, Sandra az egyik oldalon, én a másikon.

Virginia kisasszony felvett egy-egy virágot, majd egy másikat. Néztük, ahogy a körmét a szárukba szúrta, és hagyta, hogy a pitypang teje kifolyjon. Bár az ujjai ragacsosak lettek, folytatta a fonalazást, pitypangfüzért alkotva. Befejezte az egyik madzagot, majd elkezdett egy másikat.

„Látod ezt a tejszerű anyagot?" Miss Virginia megkérdezte. Mi bólintottunk. „Szerintetek mi ez?"

„Talán vér?" Sandra kérdezte.

Én is elgondolkodtam ezen, de nem akartam kimondani, mert még sosem hallottam fehér vérről. Nem mertem találgatni, és inkább vállat vontam.

„Lányok, hallottatok már a latexről?"

Megráztuk a fejünket.

„Gumit készítenek belőle."

„Úgy érted, mint az indiai gumilabdámat?"

„Az nagyon magasra pattan!" Sandra azt mondta.

„Igen, lányok, megvan. Ezért olyan ragacsos." Folytatta a virágok felfűzését. „Mi csináltuk ezeket, a nővéreim és én, amikor annyi idősek voltunk, mint ti".

„Mi történt velük, mármint a testvéreiddel?" Sandra megkérdezte.

„A mennyországban vannak" - mondta, miközben egy harmadik virágfüzérbe kezdett.

„Legalább együtt vannak."

Miss Virginia megveregette a kezemet. „Nagyon érett vagy a korodhoz képest, nem igaz? Azt mondtad, hogy most lettél hétéves?"

„Igen."

„És te Sandra?"

„Én is hét éves vagyok."

Virginia kisasszony felbámult az égre, és néhány pillanatig néztük a fölöttünk elvonuló felhőket.

„Az ott úgy néz ki, mint egy medve" - mondtam, és felfelé mutattam.

„Az meg úgy néz ki, mint egy nagy pacal a semmiből" - mondta Sandra.

Nevettünk. Virginia kisasszonynak nagyon szép nevetése volt. „Na, ki az első?" - kérdezte, és mivel én voltam hozzá legközelebb, megfogta a karomat. A csuklóm köré helyezte a virágfüzért, és bezárta a kört: ez egy karkötő volt. Ugyanezt tette Sandra csuklóján is, majd a harmadikat a sajátja köré zárta.

„Ah - mondta Miss Virginia, észrevéve, hogy elég sok pitypangja maradt. Elkezdte felfűzni őket, amíg egy sem maradt. Felállt. Mi is felálltunk.

Miss Virginia Sandra fejére tette a virágfüzért. „Ezt hívják koszorúnak - mondta. „Szeretnél te is egyet?"

„Nem, köszönöm" - mondtam.

„Csinálhatnék neked egy szép nyakláncot?"

A lábamra néztem. „Nem szeretném az összes pitypangot elhasználni. Szükséged van rájuk a borhoz."

Sandra keresztbe vetette a szemét, és kidugta a nyelvét.

Miss Virginia nem figyelt oda Sandra arcvonogatására.

„Ó, egyáltalán nem baj - mondta Miss Virginia -, még maradt néhány tavalyról", és elkezdte szedni. Mi is csatlakoztunk, és mivel hárman együtt dolgoztunk, nemsokára egy gyönyörű napsütötte nyakláncot viseltem. Amikor pörgettem, az is pörgött.

Elégedetten a díszeinkkel, Sandra és én nem siettünk távozni, és a délutánt gyomlálással és a kert rendbetételével töltöttük.

Amikor már majdnem vacsoraidő volt, azt mondtuk, hogy mennünk kell.

„Várjatok itt egy pillanatra - mondta Virginia kisasszony. Egy mosdókendővel, egy tál vízzel és a zsebkönyvével tért vissza. „Szabad?

Amikor Sandra bólintott, Miss Virginia belemártotta a kendőt a vízbe, és leemelte a foltot Sandra ruhájáról. „Majd megszárad, amíg hazafelé sétálsz." A mosogatórongyot a kezünkre és az arcunkra is használta.

„Köszönjük" - mondtuk.

„Ó, és még valami" - nyúlt a zsebébe, és átnyújtott nekünk két negyeddollárost.

Mégiscsak megvehetnénk a barátságkarkötőket!

Habozás és tanácskozás nélkül, hálásan visszautasítottuk.

Virginia kisasszonyt láthatóan nem zavarta. „Jövőre találkozunk" - mondta, mielőtt becsukta a bejárati ajtót.

Az üres kocsit végighúztuk a göröngyös úton, óvatosan fogtuk a kilincset, nehogy megsérüljenek a karkötőink.

„Talán jövőre?" Kérdezte Sandra.

„Igen, talán jövőre" - válaszoltam. „Most pedig menjünk, és szerezzük meg azt a kenyeret."

Sandra a zsebébe nyúlt. Körbecsörgette a visszajárót. „Ne felejtsd el a banános jégkrémet."

A sarki boltba érve ledobtuk a kilincset, és az öreg Macguire asszonyra nem is gondolva berohantunk.

EPILÓGUS

Negyvenhét évvel később tizenéves fiammal visszatértem ebbe az utcába, és ahogy képzelhetik, sok minden megváltozott. Némelyik jóra, némelyik nem.

Az utca már nem volt zsákutca. Teljesen le volt aszfaltozva és kiszélesítve, így nem voltak többé árkok. A legtöbb házat újjáépítették, fa és alumínium burkolattal. Néhányra parabolaantennát szereltek.

Most, hogy az utca nyitva volt, új út, sok ház, egy mobiltorony és egy vízmű töltötte ki a teret.

Virginia kisasszony házát lebontották, és egységeket alakítottak ki belőle. A hátsó kertet parkolóvá aszfaltozták.

Az öreg Lady Macguire háza nagyjából ugyanúgy néz ki, bár a függönyöket kaliforniai redőnyökre cserélték.

Sandra és én külön utakon jártunk, amikor a családja északra költözött. Ő 1975-ben tért haza, és megnéztük a *Cápa* című filmet. Ezután elvesztettük a kapcsolatot.

A piros kocsim a bátyáimra és a nővéreimre szállt, majd az unokatestvéreimre. Ha beszélni tudna, sok csodálatos történetet tudna mesélni.

A fekete ribizli puszta említése is visszarepít a '67-es nyárba.

A LEGFÉNYESEBB CSILLAG

Késő este volt, és egy fiatal pár állt az éjszakai égbolt takarója alatt. Mögöttük illatos örökzöldekből álló fal őrizte a határokat.

A telihold alatt William és Linda kézen fogva földet ért, még akkor is, ha szemüket és lelküket a csillagok emésztették.

Az éjféli égbolt szélesre tárta karját felettük. A sötét éjszaka ölelésében lassan táncoltak az északi gémeskalács válogatott repertoárjára, miközben csillagok és szentjánosbogarak tolongtak a figyelemért.

A pár úgy érezte, mintha ők lennének az egyetlen két élőlény a Földön. Együtt voltak a világ peremén, figyeltek, hallgatóztak, házasodtak az éggel, és miután a rigó elszállt, a csend ingerlő hangjaival.

Egészen addig, amíg egy magányos csillag fel nem lobbant, ott kint előttük, magára vonva a figyelmet. Egy hullócsillag. Zuhanó. Ösvényt égetve az égen. Sistergett, belsejében láthatatlan elektromos áram, száguldott, zuhant.

„Figyelj, hallottad ezt?" William megkérdezte.

„Igen, úgy hangzott, mintha angyalok csapkodtak volna a szárnyaikkal" - válaszolta Linda.

Nézték, ahogy előretör, irányt változtat, majd eltűnik egy felhő mögött. Az élmény, hogy látták, hogy osztoztak benne, úgy éreztette a házaspárral, mintha valami nagyobb dolognak, valami túlviláginak a részesei lennének.

Mindannyian csillagporból születtünk. Örökre összekapcsolódtunk, élők és holtak egyaránt.

Amikor a csillag már nem volt látható, a pár leült együtt, és várták, hogy valami más történjen. Egyikük sem szólalt meg, mert az emléket tartották, az érzések és érzetek keveredtek bennük. Örökre bekeretezve a pillanatot az elméjükben.

Linda és William egy dolgot biztosan tudtak, a természet volt a kulcs. Azokon a napokon, amikor minden lehetetlennek tűnt, amikor az élet élhetetlen volt - az elemekkel való lelki kapcsolat gyógyította őket. Reményt adott nekik, és felemelte szívüket, elméjüket és testüket.

„Kívántál valamit?" Linda megkérdezte, miközben egy csapat kanadai gézengúz dudált az égen.

„Nem, te már megvagy" - válaszolta William, miközben a karjába vette Lindát. A fiatal pár addig bámult az ég felé, amíg a ludakat már nem látták és nem hallották.

Linda és William annyi mindenen mentek keresztül együtt, és mégis, mindkettőjüknek elég volt a másik.

„Tudod, örökké tudnék itt ülni veled, William, és hagyni, hogy elmenjen a világ. Nem érzem, hogy lemaradnék bármiről, és szeretem, amikor a világ elcsendesedik, és szinte olyan, mintha te és én egy saját szigetünkön lennénk."

William egyre közelebb ölelte magához, és Linda most már kényelmesen ült az ölében.

Ahogy összekulcsolták a kezüket, a távolban sziréna szólalt meg. Egy pillanatra betört kis világukba, mígnem William suttogó hangon elkezdte szavalni kedvenc Walt Whitman-versét:

*„Mikor hallottam a tanult csillagászt,Mikor a bizonyítékokat, a számokat oszlopokba sorakoztatták előttem,Mikor megmutatták a táblákat és az ábrákat, hogy összeadjam, osszam és mérjem őket,Mikor felkavarodva hallottam a csillagászt, ahol az előadóteremben nagy tapssal tartott előadástMilyen hamar, megmagyarázhatatlanul elfáradtam és rosszul lettemMíg felkelve és kisiklottam egyedülA misztikus nedves éjszakai levegőben, és időnként,tökéletes csendben felnéztem a csillagokra."**

A távolban sziréna sikoltott, megszakítva a pillanatot. Majd egy másik és egy harmadik. A visszhangok átszakították a csendet, de csak egy múló időre, mint a csillag. Egy sikoly, egy égő. Mindkettőnek el kellett jutnia valahová - gyorsan. Az első csúnya, durva hang, a veszélyt és a káoszt jelző hang. Egy embertársnak segítségre volt szüksége, azonnal. A második, egy csillag, gyönyörű angyalszárnyakkal csapkodva, haldokolva. Vége.

Ilyen az élet és ilyen a halál. Mindannyian ugyanúgy végzünk, nem számít, mennyit sikítunk, vagy mennyire próbálunk kitűnni, hasznosnak lenni.

A pár ülve maradt, teljesen elveszve a pillanatban. Minden lélegzetvételüket megosztották, miközben körülöttük kibontakozott az éjszaka. Tücskök ciripeltek és szúnyogok zümmögtek. A fák nyöszörögtek, hangot adva felháborodásuknak a széllel szemben, amiért idő előtt felébresztette őket.

Linda felidézte azt a napot, amikor először találkozott Williammel. In volt a középiskolában, és tizenhat évesek voltak. Linda volt az új fiú, egy katonacsaládból származott, akik állandóan költöztek. Mégis, soha nem volt gondja a beilleszkedéssel vagy a barátkozással, mert kedves és csinos volt, és az emberek vonzódtak hozzá. Az első napon, amikor meglátta Williamet a futballpályán, tudta, hogy ő az igazi. A férfi feléje pillantott, elmosolyodott, és valamivel később randira hívta. Hamarosan egy párt alkottak, gimnazista szerelmesek lettek. A végzetük, hogy örökre együtt legyenek.

William egyke volt, és az első szerelme a sport volt. Remélte, hogy érettségi után ingyen bejut az egyik legjobb egyetemre futballösztöndíjjal. Amikor nem edzett, akkor játszott. Nem volt tudós, távolról sem, de csodálta az igényes munkát, és kiváló emberismerő volt. Egy nap megpillantotta Lindát, amint a szekrénye zárját próbálta kinyitni. Felajánlotta, hogy segít, de abban a pillanatban kinyílt, amint megkérte. Azután a nap után el akarta hívni randira, de nem tette, egészen addig a napig, amíg nem váltottak pillantást kint a focipályán. Amikor a lány rámosolygott, tudta, hogy ő az igazi.

Sajnos a karrierjük különböző irányba terelte őket. Mindkettőjük részéről könnyes volt a búcsú. Mindketten megígérték, hogy minden hétvégén hazajönnek, és minden egyes nap tartják a kapcsolatot. Eleinte naponta írtak és telefonáltak, aztán ez átváltott minden második napra, majd hetente. De ez nem volt baj, mert még mindig minden hétvégén hazajöttek, hogy lássák egymást, hogy együtt legyenek. A különválás és az újra összejövetel erősebbé és kötődőbbé tette őket.

Aztán történt valami, egyikük sem tudta biztosan, mi az. Talán túlságosan elfoglaltak voltak, vagy talán a különlét lett az új normájuk.

Mivel vágytak egymás társaságára, de nem tudtak egymásra találni, elkezdtek más emberekkel találkozgatni. Megegyeztek, hogy találkozgatnak másokkal, hogy úgymond teszteljék a vizeket.

William egyszer-kétszer randevúzott, de bárkivel is találkozott, mindig csak Lindára tudott gondolni. Kíváncsi volt, hogy mit csinál és kivel van. Próbált nem törődni azzal, ha az emberek beszéltek róla, vagy látták randizni, de érdekelte - szerette őt - ő volt a mindene -, de ha boldog volt, elég férfi volt ahhoz, hogy hátrébb álljon, és időt adjon neki, hogy rájöjjön, amit már tudott.

Linda is randevúzott, lenyűgöző volt, és okos. Igyekezett kiszorítani Williamet és a vele kapcsolatos gondolatokat a fejéből. Mindent kipróbált, randizott olyan pasikkal, akik mások voltak, mint William, de valami mindig hiányzott. Amikor meghallotta, hogy a férfi más nőkkel találkozgat, kidugta az állát, és azt mondta: „Ha ő képes rá, akkor én is képes vagyok rá”. Az egyik barátnője, aki titokban magának akarta Williamet, visszautasította, és Linda továbbra is egy olyan pasival találkozgatott, akiről tudta, hogy nem neki való. Valójában egyik pasi sem tudott felnőni Williamhez, mert a lány őt szerette, és csakis őt. A szíve nem tudott mást szeretni.

Aztán hazament, és William is otthon volt, és úgy rohantak egymáshoz, mint a színészek a filmekben, és megfogadták, hogy ha egyszer lediplomáznak, soha többé nem válnak el egymástól. És így történt.

Tizenöt évvel később, még mindig házasok. Még mindig együtt.

Még akkor is, amikor elvesztették a munkájukat. Ugyanannál a cégnél dolgozni megvoltak a maga előnyei, de nem akkor, amikor a gazdaság rosszul ment, és az utolsó volt az első, aki kiesett. Lindát bocsátották el először, és ő igyekezett másik munkát találni, de mivel a baba úton volt, úgy döntöttek, hogy maradnak ugyanannál a cégnél, William teljes munkaidőben dolgozik, és teljes egészségügyi ellátást kap, Linda pedig otthon marad, amíg a fiuk elég idős nem lesz ahhoz, hogy bölcsődébe járjon (amit a cég a helyszínen biztosított).

Ahelyett, hogy a gazdaság javult volna, rosszabb lett, és hamarosan William is munkanélküli lett. Mindketten alkalmi munkákat vállaltak, ahol és amikor csak tudtak, megosztva a fiuk gondozását, mivel a bébiszitter alkalmazása túl költséges lett volna, és minden fillérre szükségük volt, hogy továbbra is fizetni tudják a jelzáloghitelüket.

Amikor már nem találtak munkát, elvesztették az otthonukat. Jelzáloggal terheltek, akárcsak az összes barátjukat, majd hajléktalanná váltak. Néhány hónapig a kocsijukban éltek, amíg a hitelezők fel nem kutatták őket, és azt is lefoglalták.

Együtt maradtak, erősek. Egymásba kapaszkodva.

Amikor elvesztették a fiukat, az mindent próbára tett. Se egészségbiztosítás, se otthon, se lakcím. Egy vírus, influenza, tüdőgyulladás, és egy éjszaka eltűnt.

A fiú elvesztése majdnem a szakadék szélére sodorta őket. Tántorogtak és tántorogtak, ahogy a kétségbeesés hullámai magukkal rántották őket, és az öngyógyító alkoholos üvegek néhány pillanatra felhúzták őket, majd a csatornába dobták őket, és majdnem szétszakították őket. Most már csak az emlékeik maradtak a fiukról és egy párna közepén lévő műanyag nyílásba keretezett fénykép, amelyet egy hátizsákban hordtak váltóruhával, tisztálkodási szerekkel és egy tekercs vécépapírral együtt.

Aztán felfedezték a fiukkal való kapcsolatot a természetben. Sétáltak, egyre feljebb és feljebb, érezték a jelenlétét az éggel kapcsolatban. Nem volt szükségük táplálékra, vagy ha mégis, találtak valamit a természetben. Fürödtek a patakokban, almát és vadbogyókat ettek. Pitypangot és vadspárgát. Hegedűfejeket és mogyoróhagymát. Vízitorma és északi vadrizs. Mind olyan finomságok, amelyeket mindenféle kéznél levő nélkül is képesek voltak összegyűjteni és elkészíteni. És a vizet, a fák leveleiről a reggeli harmatot kortyolgatták, és amikor esett az eső, az ég felé tátották a szájukat, és ittak belőle.

És megtalálták ezt a helyet, magasan a város fényei felett. Távol a kísértéstől és a hangszennyezéstől. Körülvéve a természettel, ahol teljesen együtt lehettek. Egy olyan helyen, ahol nem kellett elbújniuk a fájdalom elől, ahol a természet elnyelte azt helyettük, bennük.

Ahol egy lemenő csillag egyszerűsége megragadhatta őket, és egy pillanat alatt visszahozhatta hozzájuk a fiukat, egy éjjeli csillag halálában.

„Jobb, ha alszunk egy kicsit, holnap nagy nap lesz - mondta William, miközben kinyújtóztatta a karját és ásított.

„Bár nem szeretném, ha ennek vége lenne."

Egy nyúl ugrándozott a fűben, időnként megállt, hogy beleszagoljon a levegőbe. A gyomruk korgott, de egyikük sem volt hajlandó egy életet elvenni a táplálékért.

Linda belenyúlt a hátizsákjába, és előhúzta a párnát. Megcsókolta a fia fényképét, és William is így tett.

William megpaskolt egy helyet magának, majd egy helyet Lindának.

Linda felborzolta a párnát. Ő és a földre helyezte, ahol az arcát a fia fényképén pihentette. William ugyanígy tett.

Szorosan egymáshoz bújtak, mint két kanál.

Mivel William hátul ült, óvatosan kibontotta az újságoldalakat, Egy széllökés zéróztatta őket, tudtára adva jelenlétét. William a mellkasához szorította az újságokat, úgy védte őket, mintha értékesebbek lennének az aranynál.

Amikor a levegő ismét elcsendesedett, William betakarta Lindát az első és a második oldallal, majd a harmadik és a negyedik oldal átlapolásával pótolta a hiányt.

Közelebb bújtak egymáshoz. Olyan közel, amennyire két ember csak lehet.

„Jó éjt, szerelmem - mondta.

„Jó éjt, szerelmem" - válaszolta a lány.

*When I Heard the Learn'd Astronomer by Walt Whitman 1865

MARGARET KINYILATKOZTATÁSA

TAVASZ VOLT A LEVEGŐBEN. Margit mégsem tudta kihúzni magát a sodrából.

Amikor az érzések eluralkodtak rajta, Margaret megölelte magát, mert senki más nem ajánlotta fel. A barátai azt mondták, hogy ezzel csak kibújik a bőréből. Beszélnie kellene. Kérnie, nem *követelnie* kellett volna, amire szüksége volt. Azt mondták, ne várja el a férjétől, hogy E.S.P.-je legyen.

Ilyenkor Margaret egy képzeletbeli szőrgombócba gurult, mint egy mamamedve. Aztán nyújtózkodott és ásított, mintha hosszú téli álmából ébredt volna.

Igyál még egyet, mondták, mintha a részegségtől jobb lenne a helyzet.

Margaret új kezdetre vágyott. Egy szezonális újjászületésre, amelyben újra kapcsolatba kerülhetne önmaga legmélyével.

***

Hajnali 5 órakor az Ontario-tó melletti Toronto nyugati külvárosában a madarak visszatértek téli vakációjukról. Néhányan egész évben ott maradtak - őket tekintette a minden időjárás barátainak. Már lecsupaszították a szederbokrot. Hogy visszahozza őket, Margaret fekete olajos napraforgómaggal töltötte meg az etetőket.

Télen a madárhangok repertoárja a kék sárkányoktól a bíborosokon át a galambokig és a gyurgyalagokig terjedt. Margaret minden reggel a csendben várta, hogy hallja őket, amint behozzák az új napokat. Testben és lélekben felfrissülve lehunyta a szemét, és újra elaludt. Egészen addig, amíg a hangok fel nem ébresztették.

A tizenéves fia és a férje között. Bár egy vérből származtak, a hormonjaik versengtek a dominanciáért, és szarvuk összeakadt - különösen reggelente.

Margaret és Michael Lindstrom tizenhárom évvel ezelőtt házasodott össze, és nem sokkal később megszületett a most tizenhárom éves fiuk. Egyesek szerint a párnak össze *kellett* házasodnia, de ez rohadtul nem az ő dolguk volt.

Egy vakrandin találkoztak, és rögtön egymásra találtak. Michael vezető beosztásban dolgozott a szállítmányozási iparban. Margaret két állásban dolgozott, miközben főiskolára járt, hogy grafikai tervezésből diplomát szerezzen.

Michael sokáig dolgozott. Mivel Margaret tanult és két munkát vállalt, a pár nem gyakran látta egymást. De amikor mégis, akkor szikrázott a levegő. Szerelem volt a levegőben. Teljesen idegenek jöttek oda hozzájuk, és megjegyezték, hogy milyen szerelmesek, és a nap mindig kisütött, amikor kézen fogva sétáltak.

Margaret barátai féltékenyek voltak, hogy állandó barátja van, és aggódtak. A zsúfolt munkarendjük mellett alig volt idejük egy kis kalandra, nemhogy egy teljes értékű kapcsolatra egy idősebb férfival.

„Csak érezd jól magad elvárások nélkül" - tanácsolta Annabelle, bár ő maga a bonyodalmak elkerülése érdekében nyitott ajtókkal járt, ami lehetővé tette, hogy bármikor partnert váltson.

„De nekem tetszik. Úgy értem, *tényleg* kedvelem" - válaszolta Margaret.

„Ha úgy hozza a sors, akkor várhat a diploma megszerzése utánig" - mondta Lizzy, aki hosszú távon volt benne az egyetemi játékban. Asztrofizikából szerzett alapdiplomát, majd továbblépett a mesterképzésre, és még mindig azon gondolkodott, hogy milyen szakon tanuljon a diploma megszerzése után. „Öreg már, de nem ősrégi, és nem valószínű, hogy egyhamar meg fog szűnni."

Kedves, szelíd és figyelmes. Ráadásul meghívott egy munkahelyi fellépésre, hogy megismerkedjek a kollégáival. Azt mondta, hogy fel akar vágni velem." A nő elmosolyodott.

„Már így is elég dolgod van a két állással és a diplomád megszerzésével" - ajánlotta fel Annabelle. „Arról nem is beszélve, hogy még túl fiatal vagy ahhoz, hogy lekötöd magad. Kivéve, ha ti ketten benne vagytok ebben." Gúnyosan gúnyolódott, és koccintott a poharakkal Lizzyvel.

„Azt hiszem, nemet is mondhatnék" - mondta Margaret, és még egy kis bort töltött a poharába.

„Amit nem akarsz megtenni" - mondta Lizzy. „Én azt mondom, menj. Ismerd meg azokat az unalmas embereket, akikkel nap mint nap együtt dolgozik. Ez biztosan meggyógyít minden illúziódat, amit vele kapcsolatban táplálsz - ha más nem is."

Margaret felsóhajtott, és visszatért a tanulmányaihoz. Nem volt olyan öreg, és nem is viselkedett öregnek. Egy hét év különbség manapság semmiség volt.

Később elment vacsorázni Michaellel, ahol találkozott néhány munkatársával. Közelebb állt a korosztályukhoz, mint Michael, de mindenkivel jól kijött, és meglepő módon jól érezte magát. Tetszett neki, amikor Michael a barátnőjeként mutatta be. Miután ezt mondta, úgy nézett rá, mintha azt várta volna, hogy cáfolja, ehelyett megfogta a kezét. Nagyon tetszett neki, hogy a férfi életének része lehet.

Nem sokkal a munkahelyi fellépés után Michael meghívta Margaretet, hogy tartson vele egy városon kívüli üzleti útra. A lány nemet mondott, de aztán a washingtoni Seattle meglátogatásának csábítása megkérdőjelezte a döntését. Végül is még tanulhatott, és jól esett volna egy kis szünet a mindennapi rutinból. Ha elmenne, amikor visszajönne, igazán belecsapna a könyvekbe.

„Minden költséget kifizetünk" - kényszerítette Michael. „Napközben nem leszek otthon... rengeteg időd lesz tanulni - a medencénél - a pezsgőfürdőben."

A lány nemet rázott, de a férfi látta rajta, hogy gyengül.

„És business osztályon repülünk."

Hát, ennyi volt. Összepakolt egy táskát, és elindultak Seattle-be, ahol nappal tanult. Éjszaka egyik este a Mariners meccsét nézték, másik este a Tractor Tavern Rock Clubba mentek. Meghallgatták Bill Clinton előadását a Seattle Centre-ben. Felmásztak a Space Needle-re, megnézték a Chihuly-kert látványosságait, és elmentek a Popkultúra Múzeumába. Olyan volt, mintha nászúton lettek volna; szerelem volt a levegőben, és megfogant Tommy.

Margaret és Michael nem beszéltek a gyerekekről. Margaret nem tudta, hogyan közelítse meg a témát. Fontolgatta az abortuszt, de nem volt benne, hogy bántson valakit, aki nem maga választotta a születést. Meghívta Michaelt vacsorázni, és szóba hozta a témát.

„Családot akarok, sok gyereket" - mondta a férfi.

A nő elmosolyodott.

„Bár nem tartom magam házasodó típusnak" - tartott szünetet. „Ha azonban lenne egy gyerek, megfontolnám a házasságot. Minden gyerek megérdemli a lehető legjobb kezdést."

„Azt hiszem, terhes vagyok" - bökte ki a lány.

A férfi először hallgatott, aztán felugrott, és megölelte. Azt mondta, biztosra kell tudniuk. A nő időpontot kért az orvosához. Amikor az megerősítette, amit már tudott, sírva kapaszkodtak egymásba, mint az idióták. Még most is, amikor arra a napra gondolt, vissza kellett küzdenie a könnyeit.

Otthagyta az egyetemet, amikor a reggeli rosszullétek átvették az irányítást az élete felett. Az elmaradt órák egyre csak gyűltek. Amikor kiderült, hogy meg kell ismételnie az egész évet, Margaret szabadságot vett ki, és minden erejével a jövőre koncentrált. Rengeteg tennivaló volt még a baba érkezése előtt. Eladták a lakását. Vettek egy házat a külvárosban, és egy gyors esküvőt tartottak az anyakönyvi hivatalban, hogy minden hivatalos legyen.

A hamarosan újdonsült anyuka azzal töltötte a napjait, hogy otthonossá tegye az otthonukat. Amikor kiderült, hogy kisfiú lesz, Margaret teljes gőzzel nekilátott egy csodálatos gyerekszoba kialakításának. Sportos témát választottak, baseball, hoki, kosárlabda. Még focit is. Mind olyan sporttevékenységek, amelyeket ő és Michael szívesen néztek a síkképernyős tévéjükön.

Amikor Michael dolgozott, Margaret néha készített egy tálca ételt, például fagylaltot, zellert, gombát és salsát. Aztán leült a tévé elé, feltett valami nyugtató zenét a babának, és olvasott neki. Margaret már nem is számolta, hányszor olvasta fel a kicsinek a *Mit várhatsz, ha várandós vagy* című könyvet. Számára ez olyan volt, mint egy bababiblia, és a tudás megosztása tovább erősítette a kapcsolatukat.

Egy napsütéses délutánon elment a helyi használt könyvesboltba egy listával a kedvenc könyveiről, amelyeket kislányként szeretett. Elfelejtette megkérdezni Markot, hogy mik a kedvenc könyvei, de ő sosem volt egy nagy olvasó. Két útra volt szükség, hogy az összes könyvet bevigye. Leült a kanapéra, előtte a doboznyi könyvvel. El sem tudta hinni, hogy mindet megtalálta! Még a Pokey Kiskutyát is, ami az első könyv volt, amit ő maga is megtanult olvasni. Ó, és átlapozta a Charlotte hálója, az Anne of Green Gables, a Curious George, a Bobbsey ikrek, a Heidi és a teljes Harry Potter-sorozat példányait. Mark nevetett, és azt mondta, jobb lenne, ha beruháznának egy könyvespolcra. Ennél jobbat is tett, saját maga épített egyet, mondván, hogy nem lesz semmi ilyen hókuszpókuszbútor a fia hálószobájában.

Nemsokára megérkezett Tommy, és ő volt a legszebb műalkotás, amit valaha látott. Néha el sem tudta hinni, hogy ő és Michael alkották őt. A szíve megdobbant, soha nem tudta, hogy bárkit is jobban szerethetne, mint Michaelt: és nagyon szerette.

Michael azonnal újabb gyermeket akart, de egy második terhesség nem volt benne a pakliban. Tommy születése nehéz volt, és az orvos azt tanácsolta nekik, hogy ne próbálkozzanak újra. Michael egyetértett azzal, hogy nem éri meg a kockázatot, és nem is bánta, legalábbis ezt mondta. Margaret nem hitt neki, bár korábban mindig őszinte volt.

Lentről ismét hangos zajok törtek ki, ami kirángatta Margaretet a fejéből, és visszarántotta a valóságba. Tommy kiabált először, becsapott egy szekrényt, aztán Michael leszidta, és a dolgok gyorsan eszkalálódtak. A legnevetségesebb témákon csaptak össze. Egyikük sem volt reggeli ember... és ő sem volt az.

Csak egy egyszerű, nyugodt reggelre volt szüksége, hogy újra a helyes útra térjen.

Margaret fontolóra vette, hogy felkel, aztán elvetette a gondolatot. Megvárta, amíg a segítségét kérik. Elkerülhetetlen volt, *hogy kérjék.*

Tommy bedugta a fejét a szobájába. Ahelyett, hogy halkan beszélt volna, azt kiabálta: „Alszol, anya?". Várt egy-két másodpercet, amíg a lány megmozdult.

„Igen" - válaszolta mindig, és megdörzsölte fáradt szemét, noha a lármát lehetetlen lenne átaludni.

Most, hogy a figyelmét magára vonta, felkiáltott: „Nem találom a sportpólómat, anya".

A nő elmosolyodott, hiszen mindig pontosan ugyanoda tette őket, de ezúttal nem említette. Mi értelme lett volna? „A szekrényedben vannak, kicsim".

„Annyira, de annyira NEM!" - mondta, amit egy toporgás, egy visszavonulás és egy ajtócsapkodás követett.

Számolni kezdett egy Mississippi, két Mississippi, három Mississippi.

„Megtaláltam! Köszi, anya! Mindig is itt volt."

Margaret visszabújt a takaró alá, és ismét álomba merült. Egészen addig, amíg a férje, Michael vissza nem tért a szobájukba. Szigorú rendszert követett. Először volt vécézés, aztán kézmosás, fogmosás, fogselyem, nyelvkaparás, időnkénti és jól hallható öklendező hangokkal (amitől gyakran a párnával takarta el a fülét.) Ezt követte egy negyedórás zuhany, borotválkozás, újabb fogmosás, fújás, hajszárítás, alapozás, kölni. Minden másodpercre pontosan időzítve.

Amikor végzett, szélesre tárta az ajtót, és a forró gőz előbb távozott, mint ő a szobába. A lány úgy figyelte, ahogy a férfi átkel a padlón, mintha egy menekülő szellemet követne. A kölnije és a meleg gőz illata álmosította, és hamarosan újra elaludt.

„Margaret, nem láttál egy kóbor mandzsettagombot?"

A nő felkapta a fejét: „Mostanában nem" - válaszolta, miközben a férfi a felső fiókot turkálta, anélkül, hogy teljesen becsukta volna. Aztán kinyitotta a középső fiókot, részben nyitva hagyva azt. Végül az alsó fiókot húzta ki teljesen. A szekrény egy lépcsőre hasonlított, de ez veszélyt jelentett, hiszen bármelyik pillanatban könnyen felborulhatott. Elképzelte, ahogy Tommy elsétál mellette, és az egész komód a tetején landol. A rémület, hogy mi történhet, a lelke mélyére tépte. Ha ki kellett volna szednie alóla... vajon volt hozzá elég ereje? Mi van, ha... Kiugrott az ágyból, és becsukta az egyes fiókokat.

„Én akartam megtenni - mondta Michael, miközben kifelé menet becsapta maga mögött az ajtót.

Mivel már talpon volt, nekinyomta magát a csukott ajtó hátuljának, amíg a földszintről Tommy ki nem kiáltott: „Anya, nem találom az ebédemet!".

„Az uzsonnásdobozodban van, a hűtőszekrény második polcán, jobb oldalon".

„Nem, nincs ott" - válaszolta.

„Jövök" - mondta, miközben megragadta az ajtó kilincsét, de mielőtt ideje lett volna kinyitni, a fiú így kiáltott: "Ó, már látom! Köszönöm, anya".

Visszatérve a szobájába, motyogta, *hogy szívesen*, ahogy az ágy alatti fekete rés intett. Egyenesen alácsúszhatott, ahol a poratkákon kívül semmi sem tartotta volna a társaságát. Ott alatta megteremtené a saját szupererejét - egy sötét védőpajzsot, amely taszította a hangos, dühös hangokat.

A közelebb érkező hangok meghozták számára a döntést, és bemászott a sötét térbe. A meghitt környezetben lelassult a légzése és a szívverése. Behunyta a szemét, ellapult, majd felnyúlt a kezével, lehúzta a paplant a padlóra, és úgy húzta az egész teste alá és fölé, mintha erődöt épített volna.

Michael visszatért a szobájukba. „Édesem?" - kérdezte.

Tommy megállt az ajtóban: „Talán a fürdőszobában van?".

Michael megnézte, majd az ágyra pillantott.

„Ugye megint nincs alatta?" Tommy suttogta.

„Lássuk csak" - hallotta Michaelt válaszolni.

Mindketten leereszkedtek a földre, és bekukucskáltak a sötétségbe. Némi mozgást láttak a takaró alatt. Michael a fiára nézett, majd az ujját az ajkához tette. A fiú bólintott, örömmel hagyta, hogy az apja beszéljen először.

„Édesem - mondta Michael megnyugtató hangon -, elvinnéd a nadrágomat és az ingemet a tisztítóba?". Kinyitotta a száját, majd ismét becsukta.

Szegény Margaret nem tudta elhinni, hogy a férfi egy teendőlistát ad neki, és úgy beszél hozzá, mintha élete minden egyes napján az ágy alá bújt volna. A szart iszonyúan idegesítette.

Mivel nem értette a célzást, folytatta: - Ja, és elfelejtettem megkérdezni a hétvégén, ööö, hogy nem baj-e, ha áthívok néhány barátot. Ma este. Egy kis bulira. Egy nyolcfős bulira, minket is beleértve. Bocsánat, hogy megint ilyen rövid időn belül szóltam. A hétvégén akartam megkérdezni."

Tommy lépést tett, hogy csatlakozzon az anyjához a magányos gubójában. Ehelyett a lány limbózott kifelé. Felegyenesedett, leporolta magát. Bámulták őt, de nem szóltak semmit. „Ti ketten most menjetek le - mondta még mindig a meleg paplant fogva.

Michael az órájára pillantott.

„Jól vagyok, tökéletesen jól. Egy perc múlva ott leszek, kérem." Visszatette a paplant az ágyra.

„Oké" - válaszolták, és távoztak.

Amikor elmentek, átnyúlt az ágyon. Kikapcsolta a férje oldalán lévő elektromos takarót. Miközben felvette a házikabátját és a papucsát, elképzelte, hogy elfelejtette kikapcsolni a férfi takaróját. Leégne a ház? Valószínűleg. És az ő hibája lenne. Mindig minden az ő hibája volt.

Összezárta a házikabátját, majd megigazította a haját a tükörben. Beszélnie kellett Michaellel a vacsoraestről. Nyolc ember. Ma este. Legalább nem volt olyan rossz, mint legutóbb, amikor tizenketten voltak, vagy azelőtt, amikor tizennyolcan. Mégis, annyiszor kérte már a férfit más, ehhez hasonló alkalmakkor, hogy többször szóljon neki. Legutóbb, amikor mindent - vagyis majdnem mindent - befejezett, még arra sem volt ideje, hogy lakkozza a körmeit. Michael kínosan rámutatott erre a vendégek előtt, és még a fiuknak is volt annyi érzelmi intelligenciája, hogy témát váltson, mielőtt a lány sírva fakadt volna.

Az előszobában a nyuszis papucsából szikrákat szórt, ahogy ment, és sokkot kapott, miközben útközben zoknit, alsóneműt és mandzsettagombot szedett fel. Darabkák és darabkák maradtak számára, mint egy nyom, amely levezette őt a földszintre, ahol várták.

Most lent, a nappaliba vezető folyosón állt. Ahogy belépett, látta és hallotta, hogy a férje pirítóst ropogtat, miközben egy csésze teát tart kisujjában. Mellette Tommy volt, aki rizskekszet majszolt, és kihagyta a száját. Tejcseppek és gabonapehely-törmelékek gyűltek a lába közé, és szitáló hangot adtak, ahogy a szőnyegre csapódtak.

Megkönnyebbülten jegyezte meg, hogy miután elmentek, bedobja a szőnyeget a szárítóba, és megkönnyebbült, hogy a padlón lévő anyag inkább felszívja a folyadékot, minthogy foltot hagyjon a fia utolsó tiszta iskolai ingén. Egy második mentális megjegyzést is tett hozzá, hogy rendeljen neki néhány új inget - a fiú olyan gyorsan nőtt; nehéz volt lépést tartani a növekedési rohamokkal.

„Jó reggelt - mondta Margaret éppen akkor, amikor Fred Flintstone azt kiáltotta: *Wilma!*

A családja egy pillantással nyugtázta a jelenlétét, majd együtt nevetésben törtek ki, miközben Barney és Fred folytatták szokásos bohóckodásukat. Legalább jól kijöttek egymással. A Flintstone-ok egy dologban mindketten egyetértettek.

Amikor reklámszünet következett, azt mondta: „Erről a vacsorapartiról, Michael". A férfi lehalkította a készüléket. Tommy tiltakozott, aztán befejezte a müzlievést.

„Már megint bocsánat" - mondta a férje. „A főnökömmel beszélgettem a hétvégén a golfmeccsen. Nem tudom, hogy került ide, de a következő pillanatban már én voltam a házigazdája ennek a nyavalyás rendezvénynek. Nem kell, hogy fekete nyakkendő vagy bármi díszes legyen. Három fogás, plusz desszert megteszi."

„Kik a vendégeink? Milyen ételeket szeretnek? Allergiások? Vannak vegetáriánusok?" Szünetet tartott. „Miért nem indítjuk be a grillsütőt?"

„Nem, a grill ötlet remek egy hétvégi összejövetelhez, de ez üzleti indíttatású."

A nő sóhajtott.

Folytatta: „A főnököm és a felesége, Jim és Dave a marketingesektől, Lucy és a férje, William a jogi osztályról. Azt hiszem, Lucy talán vegetáriánus vagy vegán. Lance a pénzügyről és a felesége - vele még nem találkoztam. Ő új a csapatunkban." Az órájára pillantott, és felugrott.

Margaret megragadta az ingujját. Behelyezte a hiányzó mandzsettagombot, majd közvetlenül a férje elé ékelődött, egy csók reményében.

Michael egy másodpercig habozott, mielőtt Margaretnek adta azt, amit egyesek csóknak minősíthetnének - ő nem. Inkább egy puszi volt - amit menet közben adott -, miközben elrobogott mellette. A pár ajka alig ért össze.

Mielőtt Margaret egy szót is szólhatott volna, Mark becsapta maga mögött az ajtót.

A nő ismét átkarolta magát. Egy-két másodpercig úgy tűnt, Tommy meg akarja ölelni. A nő kinyitotta a karját, mire a férfi viszonzásul kinyújtotta a karját a nő irányába nyitott tenyérrel felfelé. A lány keresztbe fonta a karját, miközben a férfi egyenesen a 101. értékesítési szónoklatba kezdett.

„Tudod, anya, ma Burger-nap van - kettőt egyért -, és pénzre van szükségem. A pénzt jótékonysági célra szánom, és már az összes zsebpénzemet elköltöttem ezen a héten."

„És mi lesz az ebéddel, amit készítettem?"

„Nem gond, majd a szünetben megeszem."

Margaret megveregette a fejét, aztán bement a konyhába, ahol a táskája ott lógott a fogason. Ahogy belenyúlt, megnézte, milyen állapotban van a konyhája. Micsoda rendetlenség! Pedig mindent rendbe kellett hoznia a ma esti vacsoraestre. Semmi gond!

Csak egy tízdolláros bankjegy volt nála, amit a férfi még mindig várakozó kezébe nyomott. „Hozd a visszajárót - mondta, miközben a férfi határozottan becsapta az ajtót, és távozott a házból.

Visszatérve a nappaliban *A Flintstone-ok* a „Jól fogjátok érezni magatokat!" felütéssel zárta az estét. Margaret hümmögött, miközben a vállára vetette a szőnyeget, összeszedte a koszos csészét és csészealjat, a poharat és a tálat.

Most a konyhában a szőnyeget a mosógépbe, a reggelizőedényeket a mosogatógépbe tette, majd töltött magának egy csésze teát a langyos kannából. Visszatért a nappaliba, ahol már kevésbé volt rendetlenség. Végigpörgette a csatornákat, és rábukkant Judge Judyra. Nem tudott nem csodálni a nőt, aki a tárgyalóteremben mindenkit és mindent tökéletesen irányított.

A barátai azt mondták, hogy fel kellene kelnie, mielőtt a családja felkel, így minimálisra csökkenthetné a káoszt és a rendetlenséget. Akkor ő lenne a helyzet ura. Mások azt mondták, hogy munkát kellene szereznie, és előbb kellene elhagynia a házat, mint ők, így meg kellene tanulniuk gondoskodni magukról. De annyira fáradt volt, annyira nem volt önmaga ezekben a napokban, nem is beszélve arról, hogy a fia születése óta nem dolgozott. Ki venné most fel?

Margaret egyre elégedetlenebb lett a sorsával, ahogy átadta az életét azoknak az igényeinek, akiket szeretett. Nehezményezte a mindig adakozást, bár ez az ő döntése volt. Aztán felszállt a bűntudat és az önsajnálat vonatára. Vajon minden anya ugyanezen ment keresztül? Ezt az ürességet? Ez a tologatás és húzás önmagában, ami ürességet teremt. Ezt a belső ürességet, amit hagyott, hogy nyári vihar módjára mozogjon, és mindent elborítson az életében. Egy hurrikán volt, ami csak arra várt, hogy bekövetkezzen, és ma volt az a nap, amitől rettegett.

Lezuhanyzott és felöltözött, anélkül, hogy megállt volna reggelizni, de időt szakított arra, hogy bedobja a szőnyeget a szárítóba, és szenvedélyes vágyat érzett, hogy kimozduljon. Elmenni. Bárhová, el.

Margaret a bevásárlóközpont felé irányította a kocsiját, és elindult. Leparkolt. Beljebb menet egy fiatalember terelgette a bevásárlókocsikat. A szél segítségével többnek is a küszöbön álló menekülés volt a sorsa. Fontolgatta, hogy mond valamit, hogy megkönnyítse a férfi dolgát, ehelyett inkább rámosolygott. A férfi az orra alatt ribancnak nevezte a nőt.

A háziasszony tudomást sem vett róla, és befelé sietett. Nem tudta megállni, hogy ne csodálkozzon azon, hogy empatikus gesztusa miért nem ért el mást, mint bántalmazást. *Sebaj*, gondolta, és a problémára összpontosított: a vacsora előkészületeire. De először is: mit fog felvenni? Megkényeztesse magát egy új ruhával? A vásárlás a múltban segített feldobni a hangulatát. Talán ma is megteszi a hatását?

Margaret végigment a divatfolyosón, és a kirakatban talált egy manökent, aki egy elegáns öltönyt viselt, ami tetszett neki. Beljebb merészkedett, ahol mindenütt tükrök támadták meg. Visszavonult.

A mozgólépcsőn észrevette, hogy egy haj- és körömkozmetika működik. Megnézte a körmeit. Inkább otthon csináltatta meg őket, ha már tudta, hogy mit fog viselni - ráér. De a haja, az már más kérdés volt.

Megállt a szalon előtt, és figyelte a stylistokat, ahogyan mozognak, és elfoglalják magukat. Úgy tűnt, csendes nap van a szalonban, mivel csak egy szék volt foglalt. Megfordult a fejében, hogy bemegy, beszélget valakivel, de nem tette, mert a telefonjára pillantott. Az idő ketyegett, és már így is túl sok dolga volt.

Egy villogó neonfelirat vonta magára a figyelmét. Ez állt rajta:

Utazzon álmai célállomására. Csak ma akciós!

Már nem Margaret volt, hanem Margarita Kubában. Elképzelte magát Kubában, amint rumbát táncol. Aztán Ausztráliában volt, és az Outbackben táncolt. Na ne már! Az túl messze volt.

Egy fiatalember, aki körülbelül feleannyi idős volt, mint ő, felfigyelt rá. „Mindjárt jövök" - mondta. Visszatért a telefonbeszélgetéshez.

A lány bemerészkedett, és kínosan megállt a recepció mellett. Hallgatta a fiatalember nyugodt hangját. Néha mosollyal nyugtázta a jelenlétét. Néhány pillanat múlva abbahagyta a beszélgetést, és a kezét a telefonra kulcsolta.

„Szolgálja ki magát egy csésze kávéval vagy vízzel, amíg várakozik. Nem tart sokáig. Ó, és bátran lapozgasson a brosúrák és magazinok között. Mindjárt jövök."

Margaret töltött magának egy csésze gőzölgő, forró kávét, majd tejszínt és egy kockacukrot tett hozzá. A telefonáló fiatalember irányába pillantott, amikor észrevette a kekszes dobozt. Mintha az engedélyét kérte volna.

A férfi ismét a kagylóra tette a kezét: - Ó, igen, szolgáljon ki egy-két keksszel. Nagyon szívesen."

„Köszönöm" - suttogta a lány, és felkapott egy kekszet. A csokoládé mennyországa volt.

Amíg várt, átlapozott néhány magazint. Az első Svájcról szólt. Most Maggie volt, aki síelni készült Zermattban, ahol a magas, szőke és jóképű Sven nevű síoktató segített neki a sílécekkel. Most fejezték be a síelést, és a férfi egy csésze forró kakaóval kínálta. A lány elájult, és nyúlt érte, majd elpislogott a férfi felé.

Felkapott egy újabb Hawaii-brosúrát, és elképzelte magát a waikiki-i tengerparton, George Clooneyval huppanva. Aztán lenézett, rájött, hogy bikini van rajta, és felsikoltott.

Margaret visszazökkent a valóságba, és a fiatalember irányába pillantott, aki még mindig telefonált. A férfi nem vette észre a lány kirohanását. Huhh. Újabb falatot harapott a csokoládés kekszből. Bikini vagy bármilyen más fürdőruha viselése szóba sem jöhetett.

A falon egy plakátot pillantott meg, amely egy angliai utazást hirdetett. Beefeaters. Olyan őrült magas kalapokat viseltek. Most ő volt Cathy, aki Heathcliffet kereste a yorkshire-i lápvidéken. Nagyon hideg és szeles nap volt, de sétáltak, és élvezték a friss levegőt...

„Segíthetek?" - kérdezte a fiatalember.

Heathcliff eltűnt. „Ööö, csak álmodom" - felelte Margaret kipirult arccal.

A fiatalember kattintott a billentyűzetén, és a képernyőre nézett. A számítógépet a nő felé fordította. „Ezek a mai, csak egynapos, last minute ajánlatok. Most érkeztek!"

A lány kíváncsian közelebb lépett.

„Ha Anglia érdekli, ilyen árat nem fog még egyszer találni".

„Mindig is el akartam látogatni Angliába."

„Ez az ár - mondta a fiatalember - tartalmazza a bérautót, valamint a hotelek és panziók kombinációját. Körbeutazhat, aztán kiválaszthatja, hol akar megállni és megszállni."

„Nem tudom, hogy vezethetnék-e oda, a másik oldalon nem vezetnek?"

„Ez igaz, de pillanatok alatt fel fogod venni."

***

Margit hazatért, és leadott egy rendelést elvitelre. Az étlapról minden igényt kielégítő ételeket választott. A Chardonnay-t, a Rose-t és a sört a hűtőbe tette. A négy üveg vörösbort a bortartóba tette.

Kötényt kötött a dereka köré, majd nekilátott a porszívózásnak és a portörlésnek. A nappaliban újra kiterítette a tiszta szőnyeget. Amikor minden tökéletes volt, megterített az asztalon, ahol hét személynek jutott hely az asztalnál. Michael nem akarta megkockáztatni, hogy Tommy jelenetet rendezzen. Főnöke és munkatársai előtt nem. Előkészített egy tálcát, és felállította a pultra, hogy a férfi elvihesse a szobájába.

Margaret bement a szobájába, és összepakolt egy bőröndöt és egy kézipoggyászt. Rendelt egy Ubert, hogy vigye ki a repülőtérre.

Három órával később felszállt egy repülőgépre, és hamarosan szárnyalt az Egyesült Királyság felé.

Ahogy kinézett az ablakon, a másodperc töredékére bűntudat gyötörte. Küzdött ellene.

A hűtőszekrényen hagyott egy üzenetet, hogy elutazik.

Margaret nem említette, hogy hová megy, vagy hogy mikor tér vissza.

Azt sem, hogy egyirányú jegyet vett. Majd kitalálják.

AZ ESERNYŐ ÉS A SZÉL

PÉNTEK 13-A VOLT, ÉS a szél fújt. Olyan dolgok, amelyeknek nem kellett volna repülniük, pattogtak és gellert kaptak. Keresztül és át. Szaltóztak körülöttem.

Egy ilyen napon néhány nyugdíjas talán az ágyban maradt volna, de én nem. Miért merészkedtem volna ki egy ilyen szörnyű napon? Csak ezért és csakis ezért - szükségem volt egy erős kávéra.

Következésképpen cselgáncsoztam, kacsáztam és ugrottam, hogy kijussak a házból és beüljek az autómba. Aztán elindultam a legközelebbi drive-in felé. Nem én voltam az egyetlen, aki elég bátor volt ahhoz, hogy az ismeretlenbe merészkedjen, hogy kigyógyuljon a koffeinfüggőségéből.

A sor előrehaladt, egyre csak haladt előre. Leadtam a rendelésemet egy extra erős vaníliás tejeskávéra, majd autóval kúsztam az ablakhoz, hogy fizessek. Átnyúltam a pénztárcámért, és rájöttem, hogy otthon hagytam.

A hölgy az ablaknál kinyújtotta a kezét, majd visszahúzta, hogy elkerüljön egy kis ágat, amely az én ablakommal érintkezett, majd az övébe pattant.

„Váltópénz" - mondtam, amikor a nő ismét kinyújtotta a kezét. Én még mindig a kesztyűtartóban és a pohárrekeszekben turkáltam. Számolás után hetvennyolc centem volt. Az ülésem alatt volt még egy dollár. Folytattam a keresést, miközben a mögöttem lévő autók vártak, és a közvetlenül mögöttem lévő fickó dudált, a többiek pedig követtek.

„Ez megteszi - mondta a nő, miközben elvette az érméket, és átnyújtotta nekem a kávét.

Elmosolyodtam a legnagyobb mosolyommal, és azt mondtam: „Köszönöm", becsuktam az ablakot, és elhajtottam, mindig hálásan. A kávé illata mennyei volt, de az első piros lámpáig visszatartottam, hogy belekortyoljak.

Miközben vártam, szürcsölgettem, ízlelgettem, egy bevetetlen esernyő megrepesztette a szélvédőmet a fa nyelével, mielőtt elpattant és megpihent egy közeli faágon.

Észre sem vettem, hogy a java éget, amíg a lámpa át nem váltott. Biztonságosan félreálltam, és kiszálltam a járműből. Nincs is jobb annál, mint amikor a forró kávé végigfolyik a lábadon a zoknidba és a cipődbe. Megráztam a lábam, mint egy nemrég megfürdött kutya.

Láttam, hogy jön, de már túl késő volt.

Az az átkozott esernyő. Már megint.

***

Felébredtem, még mindig a parkolóban, a fa esernyő nyele a nyakam köré tekeredett. Nagyot estem, de sikerült megragadnom a kocsiajtót a lefelé vezető úton, ami egyrészt jó, másrészt rossz dolog volt, mivel elrejtette a helyzetemet.

A beton alattam hidegnek és szivacsosnak tűnt. Megpróbáltam felállni, de a szél elkapta az esernyőt, és úgy vitte tovább az útját, mint egy elkóborolt bukfenc.

Még nem álltam fel, de elindultam felfelé, a súlyomat a kocsiajtónak nyomva. Az ajtózár hirtelen kattanása nem sok jót ígért nekem — a kulcsot a gyújtásban hagytam. Körbetapogattam a telefonomat, gyorsan rájöttem, hogy otthon van a táskámmal.

Keresztbe tett karokkal támaszkodtam a kocsinak, abban a reményben, hogy magamhoz vonzok egy jó szamaritánust.

A távolban kiszúrtam az esernyőt, amint másfelé vette útját. Hoppá! Egy szembejövő jármű, amely megpróbálta kikerülni a kavargó dervist, nekicsapódott egy másik autó hátuljának. Valaki most már hívná a rendőrséget. Én is odahívnám őket, hogy segítsenek nekem. Minden rendben.

Nemsokára az átkozott esernyő ismét elindult, teljes sebességgel száguldott felém. Esernyőmágnes voltam? Ezúttal magasra repült, pörgött. Szépség volt a távolban. Az ég felé nyílt, teljes feketeségében. Megigéző volt, olyan magasan szállt, és ismerik a régi mondást: „Ami felfelé száll", nos, ez igaznak bizonyult, mivel az átkozott dolog a földre zuhant, és esélyes volt, hogy végleg kiüt. Mint a cserkészmottó, felkészültem, és ahelyett, hogy megvártam volna, hogy a fejemhez érjen, kinyújtottam a kezem, és megragadtam a fogantyújánál fogva.

Az életemért kapaszkodtam, remélve, hogy nem Mary Poppins leszek. A lábam valóban elhagyta a talajt, de csak egy-két másodpercre, mielőtt szirénázást és cipőcsapkodást hallottam a járdán.

Egy fiatal nő zárta a kezét az enyémre a fogantyún. Megnyugodtunk, miközben újabb léptek járták az utcákat, miközben a tulajdonosa megnyomta a gombot, és becsukta az összecsukható baldachint.

***

A furcsa reggel után hazamentem, és felhúztam a lábam, nem voltam hajlandó megmozdulni, amíg a szél nem hagyott alább. Tartottam magam a tervhez, amíg a fiam meg nem kért, hogy vegyem fel őt a barátjánál a város másik végén, nem sokkal fél nyolc után. A szülőknek kellett volna hazahozniuk, de ideges sofőrök voltak, ezért hívtam őket.

A szélvédőmön lévő bikanyak repedés folyamatosan emlékeztetett arra, hogy eddig hogyan telt a napom. Még mindig vártam a biztosítótársaságomtól a levonható összegről. Vizsgálják az „isteni csapás" szempontját.

Kapcsolatba léptem a rendőrséggel, akik azt mondták, hogy igazolni fogják az esernyő létezését, de azt nem, hogy az összefüggésben van a szélvédőmmel. Mikor megláttak, még mindig tartottam az ernyőt.

Rendkívül mérgesnek éreztem magam arra az emberre, aki nem tartotta a kezében az ernyőtakaróját, és félig-meddig megfordult a fejemben, hogy írok a tanácsnak, hogy esernyő-engedélyezési szabályzatot kérjek. Akkor rávehetném őket, hogy fizessék ki az önrészemet, vagy még jobb, ha beperelném őket.

Beindítottam a kocsit, és a repülő tárgyak tudatában tolattam ki a kocsifelhajtóról, amikor egy zöld palackon akadt meg a szemem. Pörgött és pörgött körbe-körbe, mintha képzeletbeli emberek játszanák a Spin the Bottle játékot. Legtöbbször el sem mozdult a földről, és úgy nézett ki, mint egy hosszúkás zöld űrhajó, ahogy felszállt, egyre magasabbra és magasabbra emelkedett, majd lezuhant, megpördült, és újra felemelkedett. Én folytattam, véletlenül ugyanabba az irányba, amerre a palack tartott.

Amikor megláttam egy férfit és egy nőt, akik egymás felé sétáltak, miközben a palack veszélyesen szaltózott, kinyitottam az ablakomat, és odaszóltam nekik. Amikor nem reagáltak, dudáltam. Az üveg, amely most már magasan a levegőben volt, szabadesésbe kezdett feléjük.

Az üveg lezuhant, és teljes erővel a nő fejét találta el. A zöld tartály visszapattant, és a férfi fejéhez csapódott. A közömbös zöld tárgy többször emelkedett és zuhant, mielőtt egy fa törzsének ütközve megállt.

Bekapcsoltam a négyirányú villogómat, és leállítottam a motort, mielőtt ismét kiléptem a kocsim biztonságából a veszélyes szélbe.

A férfi és a nő is magánál volt, azonban nem mozdultak, és nem is próbáltak felállni. Megvizsgáltam a nő pulzusát, majd a férfiét, és felmértem a helyzetet, emlékezve az évekkel ezelőtti elsősegélynyújtó képzésemre. Tárcsáztam a 911-et. A diszpécser feltett néhány kérdést, de a mögöttünk lévő recsegés miatt az emberek felültek.

Néztük, ahogy a szél tovább süvített, és a palackot repítette. A fenséges szomorúfűz lehajolt, hogy visszaszerezze, de már késő volt. A szél kettétörte vastag törzsét, és ahogy a fa a földbe csapódott, a visszhangok megrázták alattunk a földet.

„Gyerünk!" Kiáltottam.

A szél a sarkunkban csattogott, mi pedig elszaladtunk.

***

Miután elértük a kocsim menedékét és becsatoltuk magunkat, padlógázt adtam. Mivel az üveget már nem láttuk, továbbhajtottunk a fiamért.

Néhány pillanatnyi lélegzetvétel után bemutatkoztunk egymásnak.

Brent Welch magas és nagyon jóképű férfi volt, sötét hajjal és kék szemmel. Olyan gödröcske volt az állán, mint Cary Grantnek. Egy helyi ügyvédi iroda partnere volt, nagyon jól beszélt, feltűnően kedves modorral, és egyedülálló volt.

Eileen Manny, szintén egyedülálló, hosszú szőke haja volt, és túl sok sminket viselt. Visszafogott és halk szavú kozmetikai képviselő volt, így az „arca volt a palettája".

Bemutatkoztam neki. „A nevem Alice Mitchell. Nemrég özvegyültem meg, és nyugdíjas középiskolai tanár vagyok".

Most, hogy megismerkedtünk, megköszönték, hogy megmentettem őket. Aztán a szélvédőn keletkezett repedésről kérdeztek, éppen amikor Jasper bemászott a járműbe, és becsatolta magát.

A bemutatkozás után folytattam az esernyős történet elmesélését. Az utasaim felharsantak a nevetéstől.

„Mi olyan vicces?" Kérdeztem.

„Mással nem történhetett volna meg" - válaszolta Jasper.

Hazafelé indultunk, útközben kitéve Markot és Eileent.

Amikor végre odaértünk, rájöttem, hogy még két óra van hátra ebből a több mint eseménydús péntek tizenharmadikából. Bemásztam az ágyba, a fejemre húztam a takarót, és megpróbáltam aludni.

Fogalmam sem volt arról, hogy mi vár még rám.

***

Másnap reggel, 14-én, szombaton, néhány percig tartott, mire felébredtem. Olyan volt, mintha álmomban csengettek volna, amíg a fiam, Jasper be nem kopogott a hálószobám ajtaján.

„Anya, téged keresnek — a zsaruk."

Visszahajítottam a takarót, a fejemre húztam a hálóingemet, lecseréltem egy futóruhára, és ujjal megfésültem a hajamat, mielőtt kiléptem.

A fiam, akinek kevés etikettje van az ilyen dolgokban, bár kiváló modorral nevelték, a rendőröket a verandán állva hagyta.

Ahogy kidugtam a fejemet, félig befelé, félig kifelé, a szél felerősödött, és majdnem kitépte a kezemből az ajtót.

A tisztek megjelenése zilált volt, amit a régi időkben úgy emlegettek, hogy „szélfútta és érdekes". A zömök tisztpár elég jóképű volt ahhoz, hogy a Thunder from Down Under holdudvarában sztriptíztáncosnőként dolgozzon. Behívtam őket.

„Nem, köszönöm, asszonyom - mondta a szőke hajú fickó, aki a kalapját levéve úgy nézett ki, mint a másik fickó, az, aki nem 'Ponch' volt a C.H.I.P.S.-ből.

Jon - mondtam hangosan, anélkül, hogy akartam volna (a szőke fickó neve a C.H.I.P.S.-ből most jutott eszembe.)

„A nevem Marshall - mondta a szőke. „A társam Ramsey rendőr."

„Örülök, hogy megismerhetem. És mit tehetek önért?"

A szöszi azt mondta: „Tegnap kaptunk egy bejelentést egy elhagyott segélyhívásról önöktől, meg tudná magyarázni, mi történt?".

„Megfigyeltem, hogy egy férfi és egy nő egymás felé sétál, miközben a piros lámpa váltására vártak. Észrevettem az üveget."

„Menet közben?" Ramsey megkérdezte.

Bólintottam. „Igen, az üveg felemelkedett, majd újra leért. Próbáltam felhívni a figyelmüket, de mielőtt észbe kaptam volna, az üveg először a nőt, majd a férfit találta el. Mindketten a járdára zuhantak, keményen."

„Milyen állapotban voltak, amikor odaért hozzájuk, és mennyi időbe telt, mire odaért?" Jon, vagyis Marshall kérdezte.

„Másodperceken belül leparkoltam, és azonnal odamentem hozzájuk."

Ramsey volt a jegyzetelő, mindent lejegyzett, amit mondtam.

Marshall rám szegezte a telefonját; mindent rögzített, amit mondtam.

Gondoltam, hogy rendben van, bár akkor nem kérdőjeleztem meg.

„Eszméletüknél voltak, lélegeztek és erős volt a pulzusuk. Miután ezt megerősítettem, hívtam a 911-et."

„Mi történt ezután?"

„Egy hatalmas fa dőlt ki, és mi elszaladtunk a kocsimhoz."

„Kérte bármelyikük is, hogy menjen orvoshoz vagy a sürgősségire?"

„Nem, teljesen ébren voltak. Nevettünk és beszélgettünk. A házaik visszafelé úton voltak, kitettük őket, és nem volt semmi gond."

Továbbra is hallgattunk.

***

„Mi ez az egész?" Kérdeztem, éreztem, ahogy a szél átvágja a tréningruhámat.

„Találkoztál már valamelyikükkel korábban?" Marshall kérdezte. „Elvégre a házuk nincs messze a tiédtől."

„Nem." Csendben álltam, és próbáltam rájönni, hová akarnak kilyukadni a kérdéseikkel. Mit számított, hogy láttam-e már valamelyiküket korábban? Odabent a fiam bekapcsolta a tévét, és a hangosbemondó bömbölt. Becsuktam magam mögött az ajtót, és kiléptem.

„Miféle üveg volt ez?" Ramsey megkérdezte.

„Egy zöld üveg volt."

A két rendőr pillantást váltott egymással.

„Igaz, hogy tegnap volt egy másik incidens is, amiben egy esernyővel volt dolga?" Marshall megkérdezte.

„Igen, az egy szörnyű péntek tizenharmadika volt."

„A helyzet az - mondta Ramsey. „Welch és Manny meghaltak."

***

Az ájulásból felébredve három aggódó arc nézett rám. Kettő Ramsey és Marshall rendőröké volt. Kezükben a Reader's Digest példányait tartották, amelyeket legyezőként integettek felém. A másik Jasperé volt, aki egy pohár vizet tartott a kezében, amelyből időnként cseppeket szórt a homlokomra.

„Jól vagy, anya?"

Nem voltam száz százalékig biztos benne. Mégis megpróbáltam felülni, hogy elkerüljem a Reader's Digest és a víz további támadásait.

„Kicsit sokkot kaptál" - mondta Ramsey, amint két mentőápoló odajött hozzám. Az egyik ellenőrizte a pulzusomat, a másik felcsattintotta a vérnyomásmérő pántot, és pumpálni kezdett. Mindketten azt mondták: „Minden rendben".

Megpróbáltam kikísérni őket az ajtóhoz, de azt mondták, erre nincs szükség.

Ramsey leült velem szemben.

A gyomromban pillangók repkedtek, és még mindig kissé kényesnek éreztem magam, miközben a fejemben a repülő palackok embereket gyilkoló kérdései lebegtek.

Azt hittem, hogy csak az utolsó gondolat jutott eszembe, amíg Ramsey nem válaszolt: - Még nem tudjuk a halál okát. A halottkém most vizsgálja a holttesteket".

„Észrevettük, hogy egy nagy repedés van a szélvédőn" - mondta Marshall. „Belefutott valamelyikük?"

„Nem, az esernyő okozta."

„Azt hiszem, elég információnk van" - mondták a rendőrök.

Jasper kikísérte őket.

Bementem a konyhába, készítettem magamnak egy erős teát, és kinyitottam egy csomag csokoládés kekszet. Odakint hallottam a szelet, ahogy körbe-körbe fújta a leveleket. Kinyitottam a hátsó ajtót, és megkértem az anyatermészetet, hogy hagyja abba.

Ahogy az várható volt, figyelmen kívül hagyta a kérésemet.

***

A vasárnap csendes nap volt. Magamba zárkóztam, Jasper pedig úgy kezelt, mintha anyák napja lenne, az ágyban reggelizett, ebédelt és vacsorázott. Még mindig sokkos állapotban, boldogan vállaltam a rokkant szerepét egy napra, de csak egy napra.

Hétfő reggel első dolgom volt az üvegcsere-boltba menni. Csak az önrészt kellett kifizetnem, és ők helyben megjavítják.

Csörgött a telefonom, és Ramsey rendőr volt az. Megkért, hogy jöjjek be az őrsre, „És hozza a kocsiját".

Elmagyaráztam, hol vagyok és miért. Azt mondta, hogy az autóm „vizsgálat alatt áll". Azt mondta, hogy pár napig nem lesz autóm.

Mondtam neki, hogy a lehető leghamarabb ott leszek, és elhagytam az épületet.

Később egy piros lámpánál várakoztam, amikor észrevettem egy fiatal párt, akik kézen fogva sétáltak. A másik kezében egy csésze kávé volt. A nő egy zöld üvegből ivott. Az egyik pillanatban még boldogok voltak, a következő pillanatban a nő úgy ejtette el a férfi kezét, mintha az egy forró krumpli lenne. A férfi viszont elejtette a forró kávéját, ami szétfröccsent a nadrágján és a cipőjén.

Egy másodperc villanásnyi idő alatt eltalálta a lány palackjának alját, és az a levegőbe repült. Akik a lámpánál vártunk, láttuk, hogy felszállt. Olyan volt, mint egy rakéta, egyenesen az égbe emelkedett.

Éppen akkor ért le, amikor a fiatal pár felnézett.

Először a nő fejét találta el, majd lepattant a férfi fejéről, és a járdán végiggurult az utcára.

Azonnal kiszálltam a kocsiból, és útközben tárcsáztam a 911-et. Mások is követtek, kiszálltak a járműveikből. Elzártuk az egész kereszteződést.

A lány eszméletlen volt, a férfi pedig teljesen ébren.

„A mentő már úton van" - mondtam.

Hallottuk a szirénákat. Láttuk a rendőrautókat.

„Mi a fenét keresnek itt?" Ramsey megkérdezte.

„Ó, fiam" - válaszoltam.

***

Elmagyaráztam a helyzetet. Ezúttal rengeteg szemtanú volt.

Miután a mentőautó betette a házaspárt, és elkiáltotta magát, a rendőrök mindenkit felszólítottak, hogy hagyják el a területet, kivéve engem. A legtöbb szemtanúval már beszéltek.

„Letartóztatnak?"

Pillantást váltottak egymással.

„Még mindig le kell foglalni a járművemet?" Megmutattam magam, láttam már sok rendőrségi műsort.

„Hazamehetsz" - mondta Ramsey.

„Tudjuk, hol lakik" - mondta Marshall vigyorogva. „Csak ne hagyd el a várost, oké?"

Nevettem, és elindultam az utamra.

***

Hazafelé nem történt semmi incidens.

Betettem a sült csirkét a sütőbe, meghámoztam a krumplit és felszeleteltem néhány zöldséget, miközben a levegőben szálló zöld üvegekre gondoltam.

Bementem az irodámba, és beírtam a keresőbe, hogy „repülő palackok". A YouTube-on egy fickóra mutatott egy linket, aki cukorkát tett egy üvegbe, majd a földön összetörte. Semmi sem történt. Kíváncsiságtól vezérelve tovább néztem. A következő alkalommal, amikor összetörte, az üveg, miután egy kamerás ember arcába csapódott, rakétaként felszállt a levegőbe.

Aztán rábukkantam néhány Myth Busters-kísérletre, amelyek megerősítették, hogy egy teli üveg képes betörni egy koponyát. Ezzel szemben az üres palackok nem tudtak — ez a mítosz a két közelmúltbeli halálesettel valóban megdőlt.

Kikapcsoltam a számítógépet. Nem akartam tovább gondolkodni ezen.

A végszóra bejött Jasper. „Minden rendben, anya?"

Elmondtam neki a legutóbbi esetet és a YouTube-on végzett kísérleteket.

„Ugye csak viccelsz?"

Megráztam a fejem, és kimentem a konyhába, hogy megkeverjem a krumplit.

„A tetejébe a helyszínre kihívott rendőrök Ramsey és Marshall voltak. Biztos azt hiszik, hogy valamiféle vészmadár vagyok."

„Ez egy kisváros, anya, mindannyian benne vagyunk egymás dolgában. Felvette valaki az esetet a telefonjával?"

A kisbabák szájából. Ha felvették volna, talán már felkerült volna a netre. „Hogy találom meg? Milyen kulcsszavakat használjunk?"

Visszamentünk az irodámba, és valóban ott volt.

„El kell mondanod a tiszteknek."

Ramsey rendőrtiszt rögtön válaszolt. Jasper elküldte neki a közvetlen linket, míg én tájékoztattam a részletekről.

A krumpli már majdnem kész volt, ezért kiöntöttem a vizet, és sót és borsot tettem bele.

Jasperrel leültünk vacsorázni, a háttérben a tévé hangja szólt. Friss híreket adtak az üvegtől elütött párról. Letettük az evőeszközöket, és közelebb léptünk. A bemondó azt mondta, hogy a lány állapota válságos, de szerencsére a fiú állapota stabil.

Már nem voltunk éhesek.

***

Nem sokat aludtam, folyton forgolódtam.

Végül beadtam a derekam, és főztem magamnak egy csésze teát.

Álltam, kezemben a teával, és néztem ki az ablakon a szélre, amely még mindig fújt és kavargatta a dolgokat. Reszkettem.

Az életemben a jó és a szörnyű dolgok mindig hármasával történtek.

Bementem az irodámba, és rákattintottam néhány információra a természetfeletti eseményekről, köztük az előjelekről. Minden jel ott volt. Az univerzum mondani akart nekem valamit.

De mit?

A jelek arra utaltak, hogy ez egy dühös szellem lehet, valaki, akit meggyilkoltak vagy idő előtt megöltek. Valaki, aki bosszút akar állni. Nem láttam semmilyen kapcsolatot az áldozatokkal. Végül is teljesen idegenek voltak.

Dühösen gépelni kezdtem. A listák készítése mindig segített nekem, hogy rájöjjek a dolgokra.

Az első oszlopba magamat írtam. Egyedülálló. Özvegy. Nyugdíjas. Egy fiú. Harmincöt éve házas. Férje vastagbélrákban meghalt. 4. stádiumban. Mindkét szülőm elhunyt. Egyke voltam. A családunk mindig is helyben élt. A genealógiánk messzire visszanyúlik erre a területre.

A kettes számú listára Brent Welch-et tettem. Harminchárom éves volt és ügyvéd. Rákerestem a gyászjelentésére. Egyedülálló volt. Soha nem nősült meg. Egyedül élt. A családja is messzire visszanyúlt erre a területre. Hogyhogy még sosem találkoztunk? A rokonai nagy szerepet játszottak abban, hogy közösségünk lakhatóvá vált, még az úttörők idejében. Az édesanyja és az édesapja is elhunyt. Egyetlen gyermek volt.

Volt néhány közös vonásunk. Ettől felültem.

A következő oszlopba Eileen Manny-t tettem. Harminckilenc éves volt. Volt egy Esther nevű ikertestvére, aki helyben lakott. Ennyit erről az elméletről. Helyi gyökereik voltak, de nem nyúltak olyan messzire vissza, mint Brent és az enyémek. Eileen házas volt, de a férje meghalt. Eileen szülei mindketten éltek, de elköltöztek. Eileen lánya ugyanabba az iskolába járt, mint Jasper. Furcsa, hogy még nem találkoztunk.

A listáim kevés információt tartalmaztak, és egyáltalán nem segítettek.

Álmosan feküdtem vissza az ágyba, ahol a haszontalan információk listái kavarogtak a fejemben.

***

Rendkívül erősen esett az eső, de a felhők nem a megszokott helyükön voltak. Ehelyett alattam voltak. Esett az eső, a földtől felfelé. Az éghajlatváltozás és a városi szennyezés újabb jele?

Magamon kívül lebegtem, miközben a lábam szilárdan a Tender Tootsies-omban maradt. A lábam egy virágos, sokszínű szoknya alatt rejtőzött, hatvanas évekbeli stílusban. Fújta a szél, és kitárta őket, ahogy a szoknya harmonikaszerűen ki-, majd visszacsúszott. A derekamon egy nagyon vastag, barna bőrből készült öv volt. Túl szoros volt, megszorított.

Halott voltam?

Megcsíptem magam. Tehát nem haltam meg.

Fehér blúz volt rajtam, magas fodros gallérral, és egy nyaklánc, gyöngyök, fekete, egy rózsafüzér. Végigfuttattam a hűvös gyöngyöket az ujjaimon, próbáltam agyonírni az egészet, de nem jutott eszembe, hogy mit kezdjek vele.

A szél felkapott, vitt magával. Előre és hátrafelé fújt.

Hosszú hajam egyetlen szoros fonatban kígyózott le a hátamon.

Akkor egy darab földön álltam, a felhők felett. Nem volt túl sok hely, ahol mozoghattam volna, anélkül, hogy féltem volna a lezuhanástól.

„Anya! Ébredj fel! Ébredj fel, kérlek!"

Jasper volt az. Visszajöttem.

Sikoltottam, amikor egy zöld tűzgolyó megperzselte a hajamat és megolvasztotta a rózsafüzért. Végigcsöpögött a mellkasomon és az ujjaimon keresztül.

***

Felültem, és az ujjaimra néztem, arra számítva, hogy zöld pacák szivárognak át rajtuk, de olyan tiszták voltak, mint a síp. Ez nem volt más, mint egy rossz álom.

A fiam még mindig engem kiáltott. Berohantam a nappaliba, és néhányszor kinyitottam és becsuktam a szemem, hogy meggyőződjek arról, hogy azt látom, amit látok. Micsoda rendetlenség!

Egy zöld dolog zuhant át a házam tetején. Útban lefelé a végső nyughelyére (az alagsorba) mindent összetört és elpusztított, ami az útjába került, miközben neonzöld anyagot szórt szét az otthonomban, mint egy kutya, amelyik megjelöli a területét. A zöld árnyalat talán még jól is állt volna, ha nem lett volna belőle olyan sok, és ha nem szóródott volna szét véletlenszerűen.

„Mi a fene?"

„Nem hallottad?" Jasper megkérdezte. „Olyan volt, mint egy hangrobbanás."

Közelebb sétáltam a lyukhoz. Nem hallottam semmit. Aludtam, álmodtam. Most ébren voltam és szótlan. Keresztbe tettem a karom és lenéztem. Gőz szállt fel belőle. Kinyújtottam a tenyeremet, és bár egy emelettel alattunk volt, éreztem a felszálló hőt. Próbáltam beszélni, de nem voltak szavak.

Jasper figyelt, várta, hogy mondjak valamit.

Nem tűnt soknak, a pincém padlójába ágyazódva. Nem volt kerek, négyzet alakú vagy tojás alakú. Sok arca volt, háromdimenziós volt, gömb alakú, szinte euklideszi, egy tömör dodekaéder.

„Nem kéne hívnunk valakit?" Kérdezte Jasper, ahogy áthajolt mellettem a peremen.

„Nem tudom, kit kellene hívnunk. Nem nekünk esett bajunk, hanem a háznak. Nem szellem, szóval a Szellemirtók nem segítenének. Nem vagyok benne biztos, hogy Neil deGrasse Tyson vagy valamelyik tudományos magazin házhoz megy."

Jasper felnevetett. „Bárcsak Stephen Hawking még mindig itt lenne."

„Szerintem ez inkább egy Stephen King-dolog" - mondtam.

Sokkos állapotban voltunk, de humorral tartottuk össze magunkat.

„Le kell mennünk oda, és közelebbről meg kell néznünk."

„Nem tudom, anya; a dolog hőt sugároz. Úgy érzem, mintha leégnék a napon, ha csak állok itt."

Igaza volt, de én nem vettem észre, mert a hőhullámok az én koromban a normálisnak számítottak.

„És mi van a rendőrséggel?" Jasper megkérdezte, elővette a telefonját, és készített néhány fotót.

„Nem tudom, hogyan tudnának segíteni, de legalább autóval elérhető távolságban vannak." Rettegtem a gondolattól, hogy Ramsey és Marshall rendőrökkel kell beszélnem.

„Ezt én csináltam - mutatta Jasper -, amikor a tetőn keresztül jött".

A lefelé mozgó fotó azt mutatta, hogy a dolog összecsuklik és kibontakozik, közvetlenül azelőtt, hogy becsapódott volna.

„Ez eltorzult" - mondta Jasper. „Nagyon gyorsan mozgott."

Tárcsáztam a rendőrséget, Ramsey rendőrnek szabadnapja volt, így Marshall rendőrt kértem. Miután elmagyaráztam, megkérdezte: „Ez valami vicc?"

Miután már korábban is küldtem neki egy fotót, most is küldtem egyet. Bizonyítékként. Vártam.

Marshall rendőr megkérdezte, hogy megsérült-e valaki, mire én megerősítettem, hogy csak a házról van szó. Elmagyaráztam a szándékunkat, hogy lemegyünk a földszintre, és közelebbről megnézzük. Azt javasolta, várjuk meg, és nézzük meg együtt.

Miután letettük a telefont, Jasperrel bementünk a konyhába, én pedig feltettem a vízforralót.

„A világ összes háza közül miért pont a miénk?" - kérdezte.

„Épp ugyanezen gondolkodtam, fiam." Én is a biztosítótársaságra gondoltam, és arra, hogy mit fognak mondani. Először a betört szélvédő, most meg egy lerombolt ház. Vizet öntöttem az instant kávéba, és leültünk.

„Ha jádéból lenne, büdös gazdagok lennénk" - mondta Jasper.

„Igen, a kínaiak a jádét az ég drágakövének nevezik."

Belekortyoltunk, és körbejártuk, miközben lefelé néztünk, a hőség áradt belőle. Felemelkedett. Azon tűnődtem, vajon elég forró-e ahhoz, hogy felgyújtsa a ház többi részét. Úgy döntöttem, hogy hívom a tűzoltókat.

***

A csengőnk nem sokkal később váratlan vendégekkel kezdett csöngeni. Nem a rendőrök vagy a tűzoltók voltak. Hanem a szomszédaink. Hallották a csattanást, összegyűltek, és eljöttek, hogy kivizsgálják (és megnézzék, hogy jól vagyunk-e.)

Bejöttek, és látták, hogy Jasper és én is jól vagyunk.

„Az biztos, hogy meleg van itt" - mondta Artois az utca túloldaláról. Híres volt arról, hogy kimondta a rohadtul nyilvánvaló dolgokat.

„Mi az?" - kérdezte a felesége a lyukba kukucskálva.

„A te tipped is olyan jó, mint az enyém" - mondtam.

„Itt vannak a zsaruk - mondta Jasper, és odament, hogy beengedje őket.

„Menjenek vissza a házaikba - követelte Marshall rendőr, de senki sem mozdult.

A tűzoltók tömlőkkel készenlétben érkeztek. Követték a hőséget, és felülről permetezték a tárgyat. Ahelyett, hogy lehűlt volna, sziszegett és köpködött. Még több gőz jött ki. Egyre forróbb lett, olyannyira, hogy leolvadt a ruhánkról.

„Húzódjatok vissza! Vissza!" követelte Marshall rendőr. A védőruhát viselő srácok nem érezték úgy a hőséget, mint mi. Másodperceken belül abbahagyták a vizes támadást.

Éppen ekkor érkezett meg a biztosítótársaság képviselője: „Hűha!" - mondta.

Ez volt az utolsó dolog, amit hallottam.

***

Az ágyban tértem magamhoz, a takaró a nyakamig felhúzva, biztos voltam benne, hogy rosszat álmodtam egy zöld dologról, ami a plafonon keresztül zuhant le. Kimentem, hogy utánanézzek.

A nappaliban egy óriási lapátoló berendezést láttam, amelyet éppen a lyukba engedtek le azzal a szándékkal, hogy kiemelje a zöld krátert a házamból. Jó tervnek tűnt.

Az izé szája kinyílt, nagyra, nagyobbra, majd olyan nagyra, amennyire csak lehetett. Állkapcsát készenlétben tartva a dolog alá ment, és lecsapott.

„Minden rendszer működik!" - kiáltotta valaki.

A szerkezet csavarodott és nyikorgott. Kiáltott fel, aztán sóhajtva és törött állkapoccsal megadta magát. A fémfogak meghajlottak és kicsavarodtak, ahogy az emelőkészülékhez rögzítve maradékát visszahúzták felfelé.

„És most mi lesz?" Kérdeztem.

„Asszonyom - mondta Marshall rendőr -, miért nem foglalnak le a fiával egy szállodát néhány napra? Talán még a biztosításuk is fedezné."

„Isten akarata", mondtam.

„A sógorom biztosítási ügynök, és megkérdeztem tőle. Azt mondta, a legtöbb biztosítás fedezi a meteorokat, tehát ha meg tudjuk állapítani, hogy ez a dolog meteor-e, akkor mindenre fedezetet kapunk."

„És ki dönti el, hogy mi az, és mi nem az?"

„Felvettük a kapcsolatot valakivel, aki talán tud tanácsot adni, vagy a megfelelő irányba terelni minket."

Leültem a kedvenc székembe — kivétel nélkül az én kis darabka békém a káoszban.

***

Amikor senki sem figyelt, lementem a földszintre, hogy közelebbről is megnézzem a dolgot. Ahogy közelebb értem, úgy tűnt, hogy a hőnövekedés mellett egy hang, zümmögés vagy zümmögés is egyre erősebb lett, minél közelebb értem. Valami szagot is éreztem, ami miatt az orromra tettem a kezem.

Mellettük állva olyan érzés lett úrrá rajtam, mintha minden a feje tetejére állt volna. Sőt, amikor felnéztem, a nappaliban álló vendégek tükörképe alulról tükröződött, mintha a testük a legfelső emeleten lenne, és az árnyékuk lent lebegne velem együtt a padlón. Furcsa érzés volt, mintha lent lennék, de nem egyedül.

Az árnyékszerű dolgok tükörképek voltak, zöld fényekkel, a tárgyhoz vezető energiával. Tanulmányoztam az emeleti vendégeket és a lenti párjukat; amikor megmozdultak, az árnyékszerű energiájuk is megmozdult.

Megkerültem az egyik sugarat és közelebb mentem a lehullott tömeghez, és a hő mérséklődött. Ha követtem a mintát az árnyék-energiákat használva, közelebb tudtam kerülni a leesett tárgyhoz.

Közelebbről megvizsgálva, a dolog felszínén lévő rések vonzottak. Olyan alakúak voltak, mint a szemek, de nem volt se pupilla, se szemhéj, se szempilla. Miután körbejártam, megszédültem.

Hogy megnyugodjak, a falnak támasztottam a karomat. A következő dolog, amire emlékszem, hogy a fal elmozdult, és a házamon kívül voltam. A pincém fala egy forgóajtókorláttá változott.

A füvön kívül hátul semmi sem úgy nézett ki, ahogyan kellett volna. A fészer eltűnt, ahogy a kerékpártartó és a fiam biciklije is. Még valami, a szomszédok házai mind eltűntek.

Elkezdtem sétálni, és azt kívántam, bárcsak lenne egy kötél a házhoz erősítve, amibe belekapaszkodhatnék, ha esetleg eltévednék,

Felnéztem, és nem volt se nap, se ég. Ami helyettük volt, az csak zöld volt fent és mindenhol, kivéve a fákat. A fák ágatlanok voltak, csak a törzsük nyúlt az ég felé.

Megcsíptem magam, hogy biztos legyek benne, hogy ébren vagyok. Ébren voltam.

Megfordultam, és megfigyeltem a házamat. A közeledő tárgy félig befelé, félig kifelé látszott.

Egy pillanatra vissza akartam fordulni, amíg egy érzés el nem kerített hatalmába. Éreztem, hogy énekelnem kell, és énekeltem is. Tom Jones *The Green, Green Grass of Home* című dalát .

Ringatóztam és táncoltam magammal, olyan volt, mintha egy felhőben lebegnék. Aztán egy kéz járt a fejemben, a férjem, Luther keze.

Átkaroltam a nyakát, ő pedig ugyanezt tette az enyém körül.

Megcsókoltuk egymást, és táncoltunk.

Amikor a dal véget ért, meghajolt, csókot adott nekem, és eltűnt.

Letöröltem egy könnycseppet.

***

Most még magányosabbnak éreztem magam, mint a halála napján, magam köré tekertem a karjaimat, és elindultam a ház felé.

Ismét visszatértem a házba, és a tárgy vonzott, ami mintha mozogna és zümmögne. Valami más, az óramutató járásával ellentétes irányban forgott.

Az emeleten sikolyt hallottam, amit egy csattanás követett. Egy test zuhant át a lyukon, egyesült az árnyék energiájával, majd a tárgy felszínén megpihent. A férfi húsa sistergett és köpködött, míg csak egy X-alak maradt, ahol a férfi karjai és lábai szétterültek.

A gyomrom összeszorult, ahogy felfelé tartottam az emeletre.

***

Az üres arcok mindent elmondtak.

Odamentem Jasperhez, és megkérdeztem, ki volt az a férfi. Elmagyarázta, hogy egy operatőr volt a helyi újságtól. Megpróbálta a legjobb képet készíteni, de túlságosan közel hajolt.

„Mindenki kifelé!" Marshall követelte. Ezúttal nem fogadta el a nemleges választ.

Jasper és én ismét magunknak tartottuk az otthonunkat, már ami maradt belőle.

***

Marshall rendőr és még két rendőr állt a házam előtt.

Két további rendőr érkezett, akik hátul helyezkedtek el.

Szalaggal zárták le a területet. A kíváncsiskodó szomszédok átmentek az utcán.

Jasper és én elhúztuk a függönyt, és kikukucskáltunk, amikor egy fekete járműből álló menet csikorogva megállt. Az ajtók egyszerre nyíltak ki, mint egy jelenetben a *Men in Blackből*. Fekete öltönyösök. Szemüvegesek.

„Ó, jaj - mondta Marshall rendőr. „Azt hiszem, a szakértő, akivel felvettük a kapcsolatot, talán behívta a hatóságokat."

„Ó, fiam, de jó volt" - mondtam.

„Hűha" - kiáltott fel Jasper, amikor megpillantotta a kíséret egyetlen nőjét.

Piros, kétrészes öltönyben volt, szabott zakóval és térd fölé érő szoknyával. A zakó alatt egy fehér blúzt viselt nyitott gallérral és egy gyémántszívet ábrázoló nyakláncot. A megjelenést egy pár hét centis piros magassarkú cipő és egy hozzá illő kézitáska koronázta meg.

A férfiak visszafogták magukat, amikor a nő felment a lépcsőn.

Egyértelműen ő volt a falkavezér.

Jasper és én a bejárathoz mentünk, Marshall és a másik két rendőr mellé. Fél patkót alkottunk.

A nő megmutatta az igazolványát. A Nemzetbiztonságtól jött, és volt vele egy másik ügynök is. Ketten voltak az FBI-tól, ketten a CIA-tól, ketten az Idegenrendészeti Osztálytól. Ketten a titkosszolgálattól.

„Hol van?" - követelte a nő. Charlotte Cassidynek hívták. Levette sötét napszemüvegét, és hollófekete haja azonnal kontrasztba került kék szemével. A kezében egy ketyegő tárgyat tartott. „Nem olyan nagy, mint amilyennek elképzeltem". A lány a kinyújtott eszközzel közeledett a lyukhoz, és az elhallgatott.

„Sugárzásdetektor?" Jasper suttogta.

Megvonta a vállamat.

A CIA embere, Frank Dune folyton feltette a napszemüvegét, majd újra levette, pedig bent volt. Nagyon idegesítő volt. A társa, Jake Flatts könyökölt rá, és mondta neki, hogy hagyja abba. „Asszonyom, mit tud erről a tárgyról?"

„Átesett a tetőn. Nevetségesen forró. Zümmög, néha zúg. Megpróbálták egy targoncával kivinni innen, de az összetörte." Közelebb léptem, és intettem, hogy magyarázzam el a halott fickó által hátrahagyott X alakú formát.

„Eltűnt" - mondta Jasper.

„Mi tűnt el?" Charlotte megkérdezte.

Marshall rendőr közbeszólt. „Egy fotós beleesett, és ráolvadt. Volt egy X alakú lenyomata a testének, de ez már nem látszik."

„Talán sosem volt ott?" - kérdezte a lány.

„Teljesen ott volt" - mondtam - »Rengeteg szemtanúnk van«.

„Jézusom!" - mondta az egyik fickó az Idegenek Védelmének Osztályáról (T.D.F.T.P.O.A.). Alex Greene-nek hívták, és alig várta, hogy lemehessen és megnézze.

Charlotte átvette a vezetést, és azt javasolta, hogy a csoport oszoljon szét. Rámutatott, hogy ki maradjon fent, és ki menjen le vele. Én az utóbbi csoportba kerültem.

Alex Greene és társa, Jessie Filtch láthatóan bosszús volt, amiért kizárták őket, de Charlotte úgy gondolta, az lesz a legjobb, ha ő és a csapata előbb hozzáfér a veszélyhez, mielőtt a többieket elengedik.

***

Amikor elértem az alsó lépcsőfokot, miután lassan haladtam, hogy útközben gondolkodni tudjak — néha az öregségnek megvannak az előnyei —, azon gondolkodtam, vajon el kellene-e mesélnem nekik a férjemmel való táncot. Rájöttem, hogy igen, még akkor is, ha valójában semmi közük hozzá.

Azonnal észrevettem, hogy a tárgy megváltozott. A szemszerű nyílások közül kettőben két valódi szem volt. A színe azonban nem emberi volt, mivel a háttérben zöld pöttyök voltak, a pupilla helyén pedig valami tűzpiros volt. Lihegtem, és továbbmentem.

Miután magamhoz tértem, arra számítottam, hogy a vendégek csodálkozni fognak, vagy legalábbis érdeklődni fognak az emeleti népekből áradó árnyak iránt. Furcsa módon nem tűnt úgy, hogy észrevették volna.

Charlotte azzal volt elfoglalva, hogy a már nem ketyegő ketyegőjét lóbálja. Közelebb jött hozzám. „Pontosan mi aggasztja magát ezzel a dologgal kapcsolatban? Nekem teljesen ártalmatlannak tűnik."

P. G. Willow („Pingvin" a rövidítés) — a nemzetbiztonsági képviselő — megmentett attól, hogy olyasmit mondjak, amit megbántam volna. „Legyen egy kis érzékenységed, jó? Ennek a nőnek a házába behatoltak és darabokra törték." Szünetet tartott: „Arra nem gondoltak, hogy esetleg kikelhet?"

„Még csak nem is tojás alakú" - viszonozta Charlotte, miután gúnyosan visszaszólt.

„Egy tojás, ahogy mi ismerjük" - vágott vissza Pingvin.

Charlotte megforgatta a szemét.

„Ami engem aggaszt - mondtam, és próbáltam nem túl haragosnak tűnni, amikor már haragot éreztem -, az nem is annyira ez a dolog, hanem az, hogy mindannyian az otthonomban taposnak. Különben is, miért vagytok itt? Miért nincsenek itt az

Idegenek Védelmének Minisztériumától a srácok az FBI, a CIA és a Nemzetbiztonsági Hivatal helyett?"

„Nagyon meleg van - ajánlotta fel Charlotte a Nemzetbiztonsági Hivatal pultos embere. Brad Hittnek hívták, és ő is jól tudta kimondani a véresen nyilvánvaló dolgokat, mint a szomszédom.

Körbe-körbe kanyarogtam, próbáltam felhívni a figyelmet az árnyékokra. Bejártam és kijöttem belőlük. Semmi.

Csak én voltam az egyetlen, aki látta őket?

„Mik azok a rések a felszínen?" Hitt kérdezte.

Közelebb léptem, és megkérdeztem tőle, hogy melyek azok. Kíváncsi voltam, mit lát és mit nem lát. Azt mondta, hogy a több száz vagy ezer üresnek látszó résszerűséget. Aztán kinyújtotta a kezét, és megérintette volna, ha nem állítom meg időben.

„Meg akarod ölni magad?"

Charlotte közbeszólt: - Azt hiszem, eleget láttunk. A dolgot le kell hűteni. Hívd a tűzoltókat. Miután lehűtötték, kiguríthatjuk innen. Könnyen-gyorsan."

Elmondtam neki, mi történt, amikor a tűzoltóság megpróbálta ezt.

Charlotte egyenesen a telefonjába beszélt: „A szóban forgó tárgy felmelegszik, ha vizet öntünk rá. Ismétlem, inkább felmelegszik, mint lehűl, amikor hűvös vizet öntünk rá". Átment a szobán. Mindannyian követtük.

„Várjunk csak - mondta Hitt. Mindannyian vártunk. „Ne is törődj vele" - mondta.

Charlotte és kísérete távozott, miután pontos utasításokat adott nekünk:

#1. Senki új nem léphet be a házba.

#2. Semmit sem szabad a közösségi médiában vagy bárhol máshol közzétenni az engedélye nélkül.

Aztán eltűntek, kivéve kettőt.

***

Ott maradt Alex Greene és társa, Jessie Filtch. A két fickó az Idegenek Védelmének Osztályáról.

„Anya, válthatnánk pár szót?"

Elnézést kértünk, és bementünk az irodámba.

„Anya, szerintem ez a két fickó egy idióta."

„Jasper, hogy mondhatsz ilyet."

„Szerintem hívnunk kellene valakit, egy szakértőt. Mint Sam és Dean a Supernaturalban. Ők tudnák, mit kell tenni."

Megráztam a fejem. „Uh Jasper, ők kitalált karakterek."

„Tudom, anya, de biztos vannak ilyen fickók a való életben is."

„Miért nem szörfölsz a neten, és nézed meg, mit találsz?"

Az irodámban hagytam Jaspert, és elmentem megkeresni Alexet és Jessie-t. Valami furcsa védőfelszerelést viseltek, köztük egyenruhát és maszkot, és a fegyverekkel, amiket maguknál hordtak, úgy néztek ki, mint a Szellemirtók.

Arra számítottam, hogy én vezetek, de ehelyett követtem a fiúkat. Rengeteg extra cuccot, csöveket és kütyüket cipeltek. Az egyik srác ketyegett.

A fiúk jól működtek együtt, valami furcsa ozmózisban. Az egyik tudta, mire gondol a másik, mielőtt közölte volna. Közel mentek a tárgyhoz, és védőkesztyűt viselve rátették a kezüket. A ruhájuk eleinte — eleinte — tette a dolgát. Pillantásokat váltottak, és felfelé emelték egymás hüvelykujját.

Kicsit közelebb léptem, furcsa szagot érzékelve. Valami égett. Először Jessie kesztyűje gyulladt ki, majd Alexé. Odaszaladtak a mosogatóhoz, és a másik kezükkel letépték a szétesett kesztyűjüket. A kezük megégett, de nem volt olyan súlyos, mint amilyen lehetett volna.

„Hűha!" Mondta Jessie, miután lehúzta a maszkját. „Ez a rohadék forróbb, mint a pokol."

Ez a kitörő igazság nevetésre késztetett, miközben Alex lehúzta a maszkját. „Észrevetted azt a dolgot?

A két férfi egymásra, majd rám nézett. Nem voltam biztos benne, hogy mire céloznak, ezért hallgattam.

„Igen - mondta Jessie. „A szemeket."

Meglepődtem, hogy látták őket, és ezt meg is mondtam.

„Várjunk csak - mondta Alex. „Azt akarod mondani, hogy látod őket szemfelszerelés nélkül?"

Bólintottam.

„Mit látsz még?" Jessie megkérdezte.

Haboztam, és azt mondtam, hogy mindjárt jövök. Visszavették a csuklyájukat, én pedig felmentem az emeletre, hogy bemutassam az árnyékenergiát. Vártam, arra számítva, hogy hallok tőlük valamit, például egy örömkiáltást, de nem hallottam semmit."

„Ó, hát visszajöttél" - mondták.

„Észrevettél valamit?"

„Használhatom a fürdőszobát?" Alex azt mondta, és felment az emeletre.

Jessie felvette a csuklyáját, és amikor Alex visszatért, pillantást cseréltek.

„Szóval, akkor látod az árnyékokat?"

„Áttesszük a kezünket rajta" - ismerte el Jessie. „És meg is olvastuk."

Közelebb léptem. „Hát ne tartsatok bizonytalanságban."

„Ez egy ionizált levegő izzás, Rydberg-atomok, ezért a zöld árnyalat" - mondta Alex. „Nehéz megmagyarázni, mivel általában csak az űrben vagy olyan helyeken fordul elő, mint a sarki fény. Rendkívül ritka, úgy értem, hallatlanul ritka valakinek a pincéjében."

Tátva maradt a szám. Becsuktam.

„Alumínium alapú" - magyarázta Jessie. „Nem mérgező vagy veszélyes. Úgy gondoljuk, hogy a tárgy véletlenül került ide, messziről, nagyon messziről. Tekintettel a puszta méretére és alakjára, nem is beszélve a súlyáról, nem lesz könnyű visszaküldeni. Sőt, valószínűleg nincs is meg hozzá a technológiánk."

„Innom kell valamit" - mondtam.

Miközben felfelé tartottam az emeletre, Jessie megkérdezte: „Mi van a fallal?".

„Feltéve, hogy látja" - mondta Alex.

Úgy tettem, mintha nem hallottam volna őket, és folytattam. Aztán visszadobtam egy feles whiskyt.

„Anya?"

„A konyhában vagyok, szívem."

„Találtam két fickót, olyanokat, mint Sam és Dean. Épp idefelé tartanak, úgy negyvenöt percnyire innen, a GPS-ük segítségével.

Remélem, nem bánod, de felajánlottam nekik egy futó számlát. Száz dollárig, hogy fedezzék a költségeiket."

Elmosolyodtam. „Rendben van."

„Van egy honlapjuk, és rengeteg ajánlólevél, valamint tapasztalatuk a természetfeletti, az okkult és az idegenek terén."

„Szép munka, Jasper. Szólj, ha megérkeznek. Addig is lefoglalom a két vendéget odalent."

„Jól vagy, anya? Kicsit fáradtnak tűnsz?"

„Fáradt vagyok, de ugyanakkor izgatott is.

„Én is!"

***

Visszamentem a pincébe, megerősítve, hogy látom.

„Végigmentél már rajta? A másik oldalra?" Jessie megkérdezte.

„Átmentem, és így támaszkodtam a falnak." Bemutattam, és ismét egyenesen átmentem. A fiúk már beöltöztek, és követtek.

„Milyen a levegő?" Kérdezte Jessie.

„Friss és gyönyörű."

Levették a maszkjaikat.

„Mikor vettétek észre először az ürességet?" Alex megkérdezte.

„Nem igazán, csak véletlenül hajoltam bele."

„Nagyon furcsán néz ki ezzel a sok zöld égbolttal" - mondta Alex. Megérintette a füvet, azt mondta, mesterségesnek érzi.

Az ellenkező irányba sétáltak, mint amerre korábban mentem. Szorosan követtem őket. Jó darabig sétáltunk, és figyelmesen hallgattuk a csendet. „Miért hívtátok ti fiúk ürességnek?"

„Csak viccelt" - mondta Jessie. „Az ürességnek hívják az ilyesmit a játékvilágban vagy a virtuális valóságban. Még nem vagyunk biztosak benne, hogy mi ez, de úgy érezzük, hogy ez a világ az a világ, ahonnan a tárgyad származik".

„Valójában" - tette hozzá Alex. „Az a dolog itt álcázva lenne, mint egy kaméleon."

Hangos füttyentést hallottam. Érdekes, hogy ezen a másik helyen is hallottam hangokat a házam belsejéből. Alex és Jessie nem reagáltak a hangra, miközben visszamentem a bejárathoz, és egyenesen besétáltam. A fiúk a sarkamban voltak, de nem jöttek át. Belenyúltam a kezemmel a semmibe (jobb szó híján), majd visszahúztam. Valami kocsonyás, zöld anyaggal volt tele. Újra bementem mindkét kezemmel, kétségbeesetten nyúltam Jessie és Alex után. A nevüket kiabáltam a falon keresztül, és még megpróbáltam magamat is visszanyomni, de nem jártam szerencsével.

Jasper hangosan suttogott.

„Hozd le őket ide Jasper, azt hiszem, szükségünk van a segítségükre — MOST."

***

A mi Samünk és Deanünk két fiatal srác volt, alig idősebbek Jaspernél. Felszereléssel megrakodva haladtak lefelé a lépcsőn. A legmagasabbnak szőke haja volt, és Bertnek hívták (az Albert rövidítése), a második fiatalembert, akinek katonás frizurája volt, Leónak hívták (a Galileo rövidítése).

Miután váltottunk néhány udvariassági szót, elmagyaráztam az eltűnt ügynökökről és az ürességről.

Leo a telefonján lévő mikrofonba beszélt. Leírta a tárgyat, beleértve a méretet és a méreteket is. Megkért, hogy magyarázzam el, hogyan működik az üresség.

Bert odasétált a zöld tárgyhoz, hogy közelebbről megnézze. Kinyújtotta a kezét, és megérintette a tárgyat, mielőtt megállíthattam volna. „Teljesen király" - mondta. „Mármint a hőmérsékletét tekintve. Jasper korábbi leírása alapján azt mondanám, hogy valami rövidzárlatot okozott."

Magam is megérintettem; kivételesen sima és hűvösnek éreztem. Kerestem a szempárt, sikertelenül. Elgondolkodtam az árnyékokon, és megkértem Jaspert, hogy szaladjon fel a lépcsőn, hogy megnézhessem. Nem találtam semmit. Bert és Leo feszülten figyeltek engem.

„Szerintem bárkié is legyen ez az izé, biztos van rajta egy vonósugár."

„Azt kellene mondanunk, hogy volt rajta egy vonósugár" - mondta Bert. „Mert úgy tűnik, meghibásodott."

„Most már lejöhetek?" Jasper megkérdezte.

Bocsánatot kértem, amiért megfeledkeztem róla.

„A srácok a másik oldalon, hogy hívják őket?" Leo kérdezte.

Odaszóltunk nekik. Semmi.

„Szóval, a vonósugár dolog - mondtam -, nem működik, hogyan javítjuk meg? És ha megjavítjuk, képesek lesznek újra visszatekerni?"

„Ha rávehetnénk az űrt, hogy megnyíljon, akkor át tudnánk tolni rajta a tárgyat" - mondta Leo.

„És visszahozzuk a srácokat" - tette hozzá Jasper.

Még mindig lenne egy hatalmas lyuk a tetőn, de akkor legalább meg tudnám javítani.

Együtt álltunk négyen a tárgy egyik oldalán. „Háromra - mondta Bert, és minden erőnkkel meglöktük.

„Okos ötlet volt" - mondta Bert, amikor egy jottányit sem tudtuk elmozdítani. Egy pillanatig habozott, aztán megkérdezte: „Amikor a másik oldalon álltatok, éreztetek valami veszélyt?".

Elgondolkodtam. Nem éreztem, és ezt meg is mondtam. „Egy valamit" - vallottam be. „Jasper, ez sokként fog érni téged. Reméltem, hogy négyszemközt mondhatom el neked."

Elmagyaráztam a férjemmel való táncot. Aggódva megkérdeztem Jaspert, hogy mit gondol erről. Azt mondta, bárcsak ott lett volna velem.

„Kérdezett rólam?"

Azt kívántam, bárcsak megkérdezte volna, de nem tette. Minden olyan gyorsan történt.

„Hadd tisztázzak valamit" - szakította félbe Alex. „Nem a férjed volt az. A férjed egy megnyilvánulása volt. A természetfeletti lények tudnak gondolatolvasni, egyesek szellemeket idéznek, sőt, még az élőket is képesek lemásolni."

„De valódi volt, még az illata is valódi volt."

„Pontosan ezt akarják elhitetni veled" - mondta Leo.

Odakintről hallottam, hogy autók kerekei csikorogva megállnak.

„Visszajöttek" - mondtam, miközben a bejárati ajtó felé tartottunk.

„A francba", mondta Leo és Bert. „Jogunk van itt lenni. Nem megyünk sehova."

Kinyitottam az ajtót.

Határozottan álltunk a helyünkön, erős céltudatossággal és eltökéltséggel, hogy nem fogunk elmozdulni.

***

A falkát ezúttal nem Charlotte vezette. Hanem az elnök.

Magasabb volt mindenkinél, vastag kabátba öltözött, amit egy pár bőrkesztyűvel hangsúlyozott. A testőrei közel maradtak, mikrofonokba beszéltek, és láthatóan forróságot árasztottak.

„Elnök úr - mondtam egy pukedlivel. Kesztyű nélküli kezét nyújtotta. Bemutattam neki Jaspert, majd Bertet és Leót. „Üdvözlöm az otthonomban, elnök úr."

Lehajtotta a fejét, majd belépett, és megkérdezte: „Szóval, hol mentek át?".

Honnan tudta? Lehallgatták a házamat? Bosszús voltam, és ezt meg is mondtam.

Charlotte előjött a kinyújtott telefonjával, megnyomta a lejátszást. A telefonján egy üzenet volt Jessie-től és Alex-től.

„Szent tehén!" Bert felkiáltott.

„Miért nem gondoltunk erre?" Kérdezte Leo.

„Ugye most már nem, ugye?" Charlotte illetlen arroganciával mondta, aminek az elnök felhúzott szemöldöke jelezte, hogy nem örül.

„Kövessetek - mondtam, és levezettem őket a pincébe.

„Várj egy percet" - mondta az elnök. „Hogy lehet, hogy ez az izé már nem ad le hőt?" Charlotte-hoz fordult. „Azt hittem, azt mondtad, hogy vörösen izzik."

Charlotte rájött, hogy az elnöknek igaza van, és kérdezte, mi a helyzet.

„Úgy tűnik, akkor történt, amikor a srácok bementek az ürességbe" - ajánlottam fel.

„Hívd fel őket újra" - parancsolta az elnök, Charlotte megpróbálta, de nem vették fel.

Bert azt mondta az elnöknek: - Éppen azon gondolkodtunk, hogy most, hogy lehűlt a levegő, elgurítjuk innen a dolgot. Ha ki tudjuk nyitni az űrt, és be tudjuk vinni a fiúkat, és azt is ki tudjuk vinni, azt jóindulatú cserének tekinthetnénk."

„Kinek?" - kérdezte az elnök.

„Annak, aki ide küldte - mondta Leo.

„Kérem, mondjon többet" - mondta az elnök, és hamarosan Charlotte és kísérete is köré gyűlt, és hallgatta.

„Úgy gondoljuk - mondta Leo -, hogy bárkihez is tartozik ez a dolog, biztosan volt rajta egy vonósugár. Szerintünk a vonósugár meghibásodott — de mindkét esetben ki kell hoznunk azt a két fickót, mielőtt újra bekapcsol."

Az elnök kezet fogott Leóval és Berttel. Charlotte-hoz fordult. „Vedd fel ezt a kettőt."

A fiúk hízelgőnek találták, de visszautasították az ajánlatát, majd elmagyarázták a természetfelettivel, az okkultizmussal és az idegenekkel kapcsolatos korábbi tapasztalataikat. Elmondták az elnöknek, hogy több mint ötmillióan látogatják őket a YouTube-on, és több millióan követik őket a közösségi médiában.

„Hát ez aztán lenyűgöző" - mondta az elnök. A keze a zsebébe csúszott, és előhúzott két névjegykártyát, és odaadta a fiúknak. Ők viszont odaadták neki a névjegykártyáikat.

„Most térjünk rá a tárgyra" - mondta az elnök. „Hogyan szerezzük vissza az embereinket, méghozzá pronto."

A falnak dőltem, ahogy korábban is tettem, és reméltem, hogy átmegyek, de ezúttal nem sikerült.

***

Sikerült a zöld tárgyat kissé elmozdítani, hogy a helyén legyen, ha megnyílik az űr.

„Most már csak annyit tehetünk, hogy várunk" - mondta az elnök. Aztán odahívta Charlotte-ot, megköszönte, hogy kiváló állampolgárok voltunk, majd indítványozta az indulást.

„Kérhetek egy szívességet?" Mondta Bert.

„Persze" - mondta az elnök.

„Csinálhatnánk egy szelfit a honlapunk számára?"

Az elnök azt mondta: „Nem probléma", és több is készült.

Felmentünk az emeletre, és vártunk egy jelre. Bármilyen jelre.

***

A napból éjszaka lett.

Odakint a szél fütyült és zörgött a tetőcserepeken, mintha versenyben lenne önmagával. Behunytam a szemem, megborzongtam, felnéztem a plafonon lévő résen át, és egy fénysugarat pillantottam meg a csillagos, csillagos éjszakában.

Felszisszentem, és hamarosan mindenki a közelemben állt, és felnézett.

„Hűha!" Leo felkiáltott. „Azt hiszem, ez a vonósugár."

„Beszéljünk a felsugárzásról, Scotty!" Mondta Bert.

A vonósugár lejött, átkígyózott a lyukon, le a pincébe, ahol ráakadt a zöld tárgyra. A vonósugár szintén zöld volt, de csillogott és remegett, ahogy kinyúlt, és megragadta a valamit. Amint szilárdan megragadta, úgy tűnt, hogy megáll, majd felpörgeti a hajtóműveket. A hang fülsiketítő volt, és mindannyian befogtuk a fülünket, ahogy a tárgyat először a faltól távolabbra emelte, majd lassan, de egyenletesen az ég felé. Nem tudtuk levenni róla a szemünket. Veszélyben lehettünk volna — mégsem tudtunk félrenézni. Egyre magasabbra és magasabbra emelkedett, és az éjszakai égboltba. Kimentünk, hogy jobban megnézzük, mi van a túlsó végén, de minden nézőpontból semmi sem látszott, kivéve a zöld vonal sugarát, amely elvitte a tárgyat.

Miután teljesen eltűnt, olyan magasan, hogy szabad szemmel nem lehetett látni, együtt maradtunk, és némán álltunk, amíg azt nem mondtam: „Oké, az objektum eltűnt, de mit fogunk csinálni Alexszel és Jessie-vel? Ők még mindig csapdába estek az ürességben."

„Azt hiszem, szükségünk lesz egy B tervre" - mondta Leo.

„Ezt rád bízzuk" - mondta Charlotte, miközben megnyomta a telefonján a gyorstárcsázót, és tájékoztatta az elnököt, majd az ügyet lezártnak nyilvánította. „Itt nincsenek biztonsági problémák, és nincsenek idegenek." Ő és a kísérete összepakoltak, és elindultak a járműveik felé.

„Várjon egy percet!" Kiáltottam. „Nem is törődik az embereivel?"

„Mellékkár" - mondta Charlotte, miközben becsapta a kocsija ajtaját. Elhajtottak.

„Azt hiszem, rajtunk múlik" - mondtam.

Bert és Leo egymásra néztek.

Bert azt mondta: - Sajnálom, de nem tudjuk, mit tegyünk, vagy hogyan szerezzük vissza őket. Mi is elindulunk, hogy kialudjuk magunkat. Reggel majd hívunk, ha eszünkbe jut valami".

Jasper és én nem szórakoztunk. Most, hogy a tárgy eltűnt, mindenki távozott. Magunkra hagytak minket.

Jasper elment a szobájába, én pedig felvettem a pizsamámat, és folyamatosan az eltűnt emberekre gondoltam. Próbáltam elterelni a figyelmemet egy krimi olvasásával, de a rejtély közvetlenül a saját házam alatt követelte a figyelmemet. Két óra forgolódás után felkeltem, hogy készítsek magamnak egy csésze teát.

Ha tudtam volna, hogy társaság érkezik, felvettem volna a házikabátomat.

***

A teát kortyolgatva, azon töprengve, hogyan oldhatnám meg a dilemmát, felnéztem a csillagokra, miközben egy könnycsepp csordult végig az arcomon. Két férfi veszett el valahol a semmiben, család nélkül, barátok nélkül, ország nélkül. Bátor polgárok voltak. Jobbat érdemeltek volna.

Felkaptam egy csokis kekszet, és éppen beleharaptam volna, amikor észrevettem egy zöldesen csillogó csillagot. Egy zöld csillagot? Megdörzsöltem a szemem, de még mindig ott volt, és rám kacsintott. Kimentem, hogy teljes egészében láthassam az éjszakai égboltot.

Nem csillag volt.

Mozgott, gyorsan zuhant felém, egyre nagyobb és nagyobb lett.

„Jaj, ne!" Kiáltottam fel senkinek. Aztán hívtam Jaspert, aki kirohant. Felfelé mutattam, miközben egy gyors mozdulatot fontolgattam, ha ki kell kerülnünk az útjából.

Ahogy a köztük és köztünk lévő távolság csökkent, nem tudtuk visszafogni az izgalmunkat, és örömünkben felugrottunk, amikor a dolog megállt, és ott voltak.

Két fekete esernyő pattant ki, Alex és Jessie megragadott egy-egyet, és megkezdődött a felénk tartó ereszkedésük. Alex és Jessie fényvisszaverő anyagból készült ruhát viselve lágyan zuhantak felénk.

Miután simán földet értek, a páros benyúlt a ruhájuk belsejébe, és két zöld palackot húzott elő. Miután felcsapták a tetejét, lehúzták a tartalmát. Kimásztak a ruháikból, felfedve a ruhákat, amelyekben elindultak. Visszacsúsztatták az üvegeket a belsejükbe, és az esernyőkhöz erősítették őket.

A vonósugár rácsatlakozott az esernyőkre és a ruhákra. Integettünk, ahogy a tárgyakat az ég felé húzták, és addig néztük, amíg már nem láttuk őket.

„Isten hozott itthon!" Jasper és én felkiáltottunk.

„Meg tudnék ölni egy csésze teát!" Mondta Alex.

„Én inkább egy feles whiskyt innék” - mondta Jessie.

„Kik voltak ők?” Kérdeztem. „Vagy inkább azt kellene mondanom, hogy MI voltak?”

„Mindenki a megfelelő időben” - mondta egybehangzóan a két visszatért hősünk. „De előbb kekszet és italokat kell ennünk.”

Ők alkalmazkodtak a visszatéréshez, míg én tálaltam. Együtt ültünk a vacsoraasztalnál, és kortyolgattunk. Vártunk. Nem volt mondanivalójuk. Nem kérdeztek tőlünk semmit, annak ellenére, hogy a hatalmas zöld tárgy már nem volt az otthonomban.

Kezdett fogyni a türelmem, ezért megkértem őket, hogy mondják el, mi történt.

„Rövid nyaralás volt - mondta Alex.

„Igen, egy fizetett vakáció - mondta Jessie.

Felálltam. „Hogy érted ezt? Hol voltatok? Kivel voltál? Börtönben voltál? Milyenek voltak? Hogyan győzted meg őket, hogy visszaküldjenek?” Újra leültem.

Jasper folytatta: „És mi volt az a zöld izé? Miért volt itt? Valakinek szétrúgták a seggét, amiért elejtette?”

A férfiak üres arccal néztek egymásra. Fogalmuk sem volt, miről beszélünk. Beszéljünk a tanácstalanságról.

„Anya, szerintem az idegenek kitörölték az agyukat.”

„Egyetértek. A tiszta lapról beszélünk.”

Semmi mást nem tudtunk mondani vagy tenni, csak aludni. Jessie a kanapén, Alex a La-Z-Boy fotelben aludt.

Alex felugrott. „Ó, mielőtt elfelejteném.”

Jessie is felugrott. „Igen, van valamink a számodra.”

Jasper és én egymásra néztünk, mintha megbökdösték vagy sokkolták volna őket.

Jessie előhúzott a zsebéből egy zöldesen csillogó tokot. Fodrozódott, amikor a kezembe vettem, és nagyon hűvösnek éreztem. Kinyitottam, és ziháltam. Benne volt a férjem Szent Kristóf-érme. Amit az első házassági évfordulónkra adtam neki.

Alex egy hasonló tárgyat nyújtott át Jaspernek. Benne az apja órája volt. Jasper egyenesen a csuklójára tette. „Mondott valamit rólam?"

Alex azt mondta: „Minden egyes nap lát titeket, mindkettőtöket. Igaz, amit mondanak, akiket szeretünk, azok sosem maradnak távol tőlünk."

Alex és Jessie ezúttal egykedvűen ugrott fel. „Mennünk kell."

„Most mi lesz?" Kérdeztem. „Jól vagytok, srácok?"

„Igen", mondták együtt. „Valamit át kell adnunk az elnöknek. Most."

Egy autó állt meg odakint, és elindultak.

***

„Nekünk kell átadnunk neki" - követelte Jessie és Alex.

Az éjszaka közepén volt, de az elnök beleegyezett, hogy fogadják őket.

Amikor beléptek az Ovális Irodába, az elnök már ült, és a selyem fürdőköpenyét viselte.

„Mit hoztatok nekem?" - kérdezte az elnök.

Jessie és Alex együtt mutatták neki a tárgyat. Egy kivételesen nagy zöld gomb volt. Rajta a következő felirat volt olvasható: „TOLJ MEG! TEDD CSAK MEG!"

„Mi fog történni?" - kérdezte az elnök.

„Nem tudjuk."

„Meg kell kérdeznem valakit, az egyik tanácsadómat. Nem tudom csak úgy..."

„De te vagy az elnök" - mondta Jessie.

„Igen, bármit megtehetsz, nem igaz?"

Az elnök a zöld gombot az asztalára tette a piros gomb mellé. Együtt egészen karácsonyi hangulatúnak tűntek.

Jessie és Alex azt mondta: - Kifelé. Kifelé. Kifelé."

„Oké, fiúk, oké" - mondta az elnök. „Menjünk."

Odakint az elnök alig várta, hogy megnyomja, és meg is tette.

Az ég kékből zölddé változott, ahogy egy vonósugár lefedte az országot parttól partig, és felhúzott minden egyes AR-15-öst.

EPILÓGUS

Messze, messze, azon a bolygón, ahol zöld volt az ég és zöld a föld, de ahol a fák csak törzsek voltak, az idegenek újrahasznosították az összegyűjtött földi anyagokat.

Az AR-15-ösökből ágakat formáltak.

A palackokat az ágakra akasztották, és azok fütyültek a szélben.

Az esernyők eső- és napvédelmet nyújtottak.

Amikor az idegeneknek több AR-15-ösre volt szükségük, meggyújtották a gombot, és az elnökök mindig megnyomták.

DARRYL ÉS ÉN

UGYANAZON A NAPON, AMIKOR megtudtam, hogy terhes vagyok, meghalt a férjem.

Háborús övezetben vagyok. Nem vagyok egyedül. A gyermekem velem van, bennem van.

Keresztbe teszem a karom a babámon, védem a gyermeket, miközben sétálok az utcán, miközben bombák robbannak körülöttünk. Próbálok menedéket találni nekünk, de a bombák egyre közelebb és közelebb jönnek.

Elveszett vagyok, de nem félek. A gyermekem megnyugtatásul belerúg a kezembe. Összetartozunk, miközben a világ többi része szétrobban.

Megállok, és megnézem magam az utca közepén lévő tükörben. Élénkpiros ruhát viselek, hozzá illő piros cipővel és fekete harisnyával. Ujjaimmal felborzolom a hajam, a táskámba nyúlok egy kis rúzsért. Csóklenyomatot nyomok az üvegre, majd hátravetem a fejem, és készítek egy szelfit. Felteszem az Instagramra. Vagy megpróbálom. Nem biztos, hogy van elég rúd.

Hallom, hogy egy sziréna sikít. Az én irányomba jön. A tükör felé tart. Kinyúlok, hogy megragadjam, de egy kéz elkapja az enyémet. Sikítok. A sziréna sikít.

„Menj befelé. Megőrültél? Szálljon be!" - mondja a mentőautó sofőrje egy olyan nyelven, amit nem ismerek és nem értek. Szerencsére vannak feliratok.

Tétovázom, mielőtt bemászom. Meg kell találnom Darrylt. Darryl itt van valahol, és a babánknak szüksége van az apjára. Darryl keres engem, és mi is őt keressük. A gyermekünk a mágnes. A radar. A GPS.

Hátravetem a fejem, és hangosan és tisztán kiáltom a nevét: „Darryl!". Hallgatom, majd újra kiáltok. Kiáltom a nevét, és figyelek. A mentős azt mondja, hogy őrült vagyok, és hátramenetbe kapcsolja a kocsiját.

A mentőautó nekimegy a tükörnek, és egy bomba robban. Darabok repülnek mindenfelé.

Borzasztó sok vér van az üvegdarabokon.

Felébredek és sikítok.

***

Darryl halála után minden éjjel ugyanazt álmodtam. Újra és újra átéltem, hogy mi történt, még akkor is, ha nem voltam ott. Ez egy rutinművelet volt az ENSZ békefenntartó erőinek részeként.

Ez egy megküzdési mechanizmus, ez az álmodozás, ez az átélés. Próbálom megtalálni a férfit, akit szerettem, amikor eltemettük. A temetés gyönyörű volt. Olyan büszke voltam Darrylre. Az életét adta az ügyért, és én megértem. Csodálom őt az elkötelezettségéért, mert jobb emberré tette őt.

A zászlót a koporsójára terítették. Két marék földet dobtam a földbe, majd zokogva térdre estem. Anyám és mások, köztük a barátaim is megpróbáltak segíteni, de elüvöltöttem őket. Egyedül akartam maradni Darryllel. El akartam neki mondani a babáról.

A mi kisbabánkról.

Nem akartam elmenni, amíg nem volt lehetőségem elbúcsúzni tőle. Hasra feküdtem a nyitott sír mellett, a fejemet a karomra hajtva. Elmondtam neki, mennyire szeretem, és elbúcsúztam tőle, mielőtt csókot adtam neki, és felálltam.

Anya mellettem volt, és akkor már Móni is. Mindegyikük megfogta az egyik karomat, és újra összehúzott. Elindultunk a kocsihoz.

Hazafelé menet éreztem Darryl jelenlétét. A karjai körém fonódtak. A szőr felállt az alkaromon, éreztem az illatát. Éreztem őt.

Aztán eltűnt.

Otthon az ajtóban egy hosszúkás doboz várt rám, közepén egy masnival. Meg akartam kérdezni, hogy mit keres ott, de a szobában lévő gyász elsöpört. Emberről emberre jártam, átvettem a „nagyon sajnálom" és a „majd idővel jobb lesz" közhelyeket. A szokásos temetés utáni baromságok.

Miután elmentek, üresnek éreztem magam.

Anya betakart az ágyba, ahogy kislánykoromban szokta.

Miután becsukta maga mögött az ajtót, ökölbe szorított kezemet az ég felé emeltem, amiért elvitte Darrylt.

Aztán térdre estem, hálát adva a bennem növekvő kisbabánkért.

***

Felébredve a mellettem lévő üres helyet bámulom, és letörlöm a nyálat a szám sarkából. Az ajtócsengő csöng. Visszadobom a takarót, és a padlóra lépek. Mielőtt még kiérnék a szobánkból, a szobai anyám tárt karokkal repül felém.

Vissza kell kérnem tőle a kulcsot.

„Annyira aggódtam - mondja, megölel, megszorít, és újra kislánynak érezhetem magam. Hátralép, és az arcomba néz.

A bal fülem mögé tolom a hajam, és megpróbálok mosolyogni. A konyha irányába mutatok, és amikor odaérek, feltöltöm a kávéskannát vízzel. Kinyitom a mosogatógépet, hogy lefoglaljam magam, miközben a kávéfőző köpköd mögöttem. Anya becsukja a mosogatógép ajtaját, megnyomja a szükséges gombokat, és hátratol egy székre, ahol nem ad más lehetőséget, minthogy leüljek.

Ő Darryl helyére ül, én pedig senki helyére. Amikor rájön, átül a másik senki székébe. Előttem ugrik fel, és kitölti a kávét. Én tejszínt és cukrot teszek az enyémbe, és belekortyolok. Egy korty elég. Kirohanok a fürdőszobába. Elfelejtettem, hogy a kávé néhány barátomnál reggeli rosszullétet vált ki.

Mire visszatérek a konyhába, anya egy csésze koffeinmentes kamillateát főzött. Az a célja, hogy megnyugtasson.

Leülök, belekortyolok a keserű, forró italba, és figyelem, ahogy anya úgy mozog a konyhában, mint egy küldetésen lévő ember. „Készítek neked pirítóst" - mondja, amikor szinte végszóra felpattan. Anya a késsel pépesíti le a héját, egy újabb visszaemlékezés arra az időre, amikor még kislány voltam. Aztán rákeni a vajat, és megfordul, hogy rám nézzen.

Anya eperlekvárt tesz hozzá, és bemegy a hűtőbe. Előhúzza a sajtot, amit a pirítósomra aprít. Visszateszi a kenyérpirító tetejére (a lekváros és sajtos oldallal felfelé.) Lenyomja a gombot, hogy a pirítós pár másodpercig melegedjen.

Ez egy másik rituálé a gyerekkoromból, és hálás vagyok, hogy itt van.

Anya háromszögekre vágja a pirítóst, és el sem hiszem, milyen csodálatos íze van, amikor beleharapok. Megeszem mindkét szeletet, aztán kortyolok még egy kis teát, mert most már nem olyan keserű az íze, mióta tett bele néhány csepp mézet. Azt hiszi, hogy nem vettem észre... Megfogom anya kezét, és még egyszer megköszönöm neki.

A baba már nem éhes.

A baba anyukája már nem kényelmesen zsibbad.

A baba nagymamája már nem érzi magát haszontalannak.

Anya takarít, és fecseg erről-arról. Hallgatom, anélkül, hogy értékelném a figyelemelterelésre tett erőfeszítéseit. Hagyom, hogy azt higgye, működik a figyelemelterelési taktikája. Hogy őszinte legyek, nem tudok lépést tartani a gondolatmenetével és a tempójával. Olyan érzés, mintha a víz alól hallgatnám.

Nevet. Felugrom. Visszatértem onnan, ahová az elmém utazott. Egy szempillantás alatt elmentem valahová. Éreztem, hogy elmegyek.

Egy kislány voltam, aki a lépcső alá bújt. Aztán felmentem a lépcsőn és a szekrénybe, ahol nagyon sötét volt. Apám ingének ujja megmozdult. Kirohantam, elárulva a rejtekhelyemet. Elkaptak.

„Emlékszem arra az időre - mondta anya, és visszahozott a jelenbe. Mintha most mesélné el először a történetet. „Kislánykorodban mindig elrejtetted a héjakat. Mielőtt elkezdtem volna késsel szétzúzni őket, zsebekben, ültetvényekben találtuk őket. Á, az ültetvényekben. Azok felszívták a vizet, és megöltek néhány növényt, mielőtt rájöttünk volna, mit csinálsz."

„Megöltem a növényeket", mimikáztam.

Odajön hozzám, letérdel, és megkérdezi: „Jól vagy, drágám?".

Majdnem elnevetem magam a nevetséges kérdésén, de elkapom magam, mielőtt ezt tenném, mielőtt azt mondanám: „NEM VAGYOK KURVA NEM JÓL". Darryl. Jézusom Darryl. Hátralököm a széket, helyet teremtve anya és köztem, és felállok. Olyan vagyok, mint egy zombi. Bár nincs szükségem arra, hogy emberi hússal táplálkozzam. Darrylt akarom. Mosolygok, amikor a fejemben megint elismétlem, hogy táplálkoznom kell, táplálkoznom kell, táplálkoznom kell.

Most, hogy állok, mozognom kellene. A lábam el akar menni valahová, bárhová, és mégis pont az ellenkezőjét teszem. Újra leülök. Anya ugyanezt teszi. Belekortyol a csésze kávéjába, amely mostanra valószínűleg már kihűlt.

Felállok, és azt mondom: „Fáradt vagyok", pedig csak most ébredtem, ezt tudom. Ő is tudja ezt. Mégis kurvára nem érdekel. Visszasétálok a szobánkba, az én szobámba, anya követ engem.

Amikor utolér, a jobb kezét a csípőmre teszi, mintha vezetnie kellene. Mintha eltévedhetnék útközben.

Az ajtóban már megfordulok, és szembefordulok vele. Könnyek vannak a szemében, de nem csordulnak ki. Tudja, milyen érzés elveszíteni a férjet, mert ő is elvesztette apát, de ez nem ugyanaz. Egy egész életük volt együtt. Harminchét évig voltak egymásnak, mielőtt apa meghalt. Mi csak két és fél évig voltunk házasok. Darryl soha nem fogja látni a fiát vagy a lányát. Szeretném ezt mondani, de nem akarom.

Azt hiszem, tudja, mire gondolok, bár nem tudom biztosan. Ez az az anya-lánya ozmózis dolog. Homlokon csókol, amikor betakargat az ágyba. Kimegy, és becsukja maga mögött az ajtót.

Újra kikászálódom az ágyból, odamegyek a tükörhöz, és megnézem magam. Negyvennyolc óra alatt tíz évet öregedtem. Bár ennek nagy részét aludtam, a szemem alatt hatalmasak a táskák. Úgy tűnik, mintha egész idő alatt sírtam volna, de az igazság az, hogy már kifogytam a könnyekből. Az arcom már nem hasonlít rám. Idegen vagyok, még magamnak is.

Lefuttatok egy kis vizet, és az arcomra fröcskölöm, mielőtt meleg vizet áztatok egy arctörlőbe, Darrylébа. Magam elé tartom, hogy belélegezzem őt.

Megkeresem a fürdőlepedőjét, levetkőztetem magamról, és magam köré tekerem. Beborít, és felmelegít, mintha a karjaiban lennék. Örökkévalóságnak tűnő ideig ülök így. Mintha ő ölelne át. Nem folynak a könnyeim. Nem maradnak könnyek, amiket elsírhatnék. Olyan, mintha Darryl körénk burkolózna. Összetart minket, mindhármunkat, Darrylt, a babát és engem.

Anya kopogása az ajtón visszaránt a jelenbe. Biztos elaludtam. Túl gyorsan állok fel, amikor az ajtó kirepül. Darryl törölközője a padlóra esik.

Anya és a szomszédasszony besétálnak a szobába, én pedig időben felkapom Darryl törölközőjét, és elrejtem meztelenségemet. Kuncogni kezdek, és nem tudom abbahagyni.

Anya és aggódva néz. A szomszédasszony szemei kidüllednek a fejéből. Hamarosan hívni fogják a fehér zakós férfiakat, hogy jöjjenek értem, ha nem szedem össze magam.

***

Az esküvőm napja van, és apám karján sétálok az oltárhoz egy nagy templomban. Tudom, hogy álmodom, mert apa soha nem kísért az oltárhoz. Már halott volt, amikor Darryl és én összeházasodtunk, és Darryl és én nem templomban házasodtunk össze. Elton John „Your Song"-ja a mi dalunk. Úgy értem, ez Darryl és az én dalom volt. Igazából az Ewan McGregor verziót jobban szerettük, mivel imádtuk a Moulin Rouge-t.

Apa és én üdvözöljük azokat, akiket útközben látunk. Eleanor nagymama, aki kislánykorom óta halott, puszit fúj rám. Kiveszek egy virágot a csokromból. Babaillat, a kedvence. Odaadom neki.

Elmosolyodik, és egy könnycsepp hullik az arcán.

A folyosó túloldalán ott áll az unokatestvérem, Ruth. Gyerekkorunkban nagyon közel álltunk egymáshoz. Most ritkán látjuk egymást. Gondolom, ő is pontosan ugyanarra gondol, amire én, miközben elmegyek mellette. Megjegyzés magamnak: hamarosan meghívom vacsorázni.

Itt van Darryl két fiatalabb testvére, Dale és Donny. A szüleiknek volt egyfajta szokásuk a D betűvel kapcsolatban. Megjegyzés magamnak: ne folytassam az említett hagyományt.

Látom a másik nagymamámat, anyám anyukájának anyukáját. Ő nem jött el az esküvőnkre. Ő és anya kézenfogva beszélgetnek, és én néhány másodpercre elszakadok apától, hogy mindkettőjüket megöleljem. Kicsit megroggyannak a térdeim, amikor nagymama kinyújtja a kezét, a sajátjába veszi a kezemet, és beledob valamit. Ösztönösen körbefogom az ujjaimmal; bár nem látom, mi az, érzem, hogy egy kulcs. Apa belehúzza a karomat az övébe, és visszatértünk a helyes útra, miközben a folyosón haladunk lefelé.

A koszorúslányaim, Trish és Moni (a Monique rövidítése) most már közel vannak hozzám. Lenyűgözően néznek ki antik fehér ruhájukban, de várjunk csak, én voltam az, aki antik fehéret viselt.

Apa megfordít, leveszi a kezemet a karjáról, és Darryl karjára kulcsolja. Megfordulok, hogy a jövendőbeli férjemre nézzek, de az nem Darryl. Nos, valamikor Darryl volt, de most már nem az. Ő már halott. Egy rothadó hulla.

Sikítok, ahogy a zöld nyálka kiömlik az ajkai közül, amikor mosolyogni próbál. Nem én vagyok az egyetlen, aki sikít.

Mindenki sikít.

Minden sikít - még a gépek is.

Kinyitom a kezem.

Lenyelem a kulcsot.

Üvegdarabok törnek szét mindenfelé.

***

Kinyitom a szemem. Nem otthon vagyok, hanem a kórházban. Ketyegést hallok, szívdobogást. Csipogást. Suttogást. Újra becsukom a szemem. Úgy teszek, mintha aludnék.

„Nincs változás."

„Nem adhatod fel."

„Mi lesz a babával?"

A babával. Ez a két szó visszahoz a valóságba, és megpróbálok felülni, de rájövök, hogy képtelen vagyok rá.

Amikor nem tudom mozgatni a karomat vagy a lábamat, sikítok. A hasamba kapaszkodom, a babámba, a mi kicsinyünkbe, és felfedezem, hogy a babapocak most nagyobb. Mennyi ideig aludtam?

„Anya?"

„Ó, drágám! Drágám" - mondja. „Minden rendben lesz", nyávogja, de én nem hiszek neki. Egyetlen szót sem.

„Mióta vagyok itt?" Kérdezem, és a fejem olyan, mint egy visszhangkamra, ahogy a szavak visszhangoznak a koponyámban.

Ahelyett, hogy válaszolna, átölel és átölel. Amikor elhúzódom, a kezébe fogja a fejemet, és a szemembe néz, mintha engem keresne.

Próbálok nem pislogni, de nem tudom megállni. Hát nem utálod, amikor ez történik? Amint megpróbálsz valamit nem csinálni, a tested elárul, és még inkább arra késztet, hogy megtedd.

Nem mond semmit. Azt hiszi, nem tudom kezelni az igazságot. A fejemben az igazsággal való megbirkózás hangja Jack Nicholsoné az *Egy pár jó emberben.* Darryl imádta azt a filmet. Annyiszor megnéztük, hogy már nem is számolom.

„Tudni akarom" - hallom magam mondani, de ahogyan rám néz, nem vagyok biztos benne, hogy hangosan mondtam-e, vagy a fejemben. Újra megpróbálom, ezúttal kicsit hangosabban, és ő reagál.

„Engedd meg" - mondja, majd elmegy, és néhány pillanat múlva visszatér valakivel, akit nem ismerek fel. Ők ketten úgy mozognak a szobában, mintha egy színházi előadás színpadát blokkolnák. Suttognak, aztán rám néznek, és még többet suttognak.

Milyen udvariatlan.

Várok, mintha láthatatlan lennék, és próbálok nem felrobbanni.

Az idegen tűt szúr a karomba, én pedig elindulok, és arra gondolok, hogy az utcai ruhában lévő kórházi személyzetet be kellene tiltani.

Újra azt álmodom, hogy az utcán sétálok, és Darrylt keresem, miközben a bombák felrobbannak.

***

A púp rajtam most még nagyobb. Sőt, észrevehetően nagyobb. Amikor a baba mozog, a bőrömön keresztül látok belőle darabokat. Végtagokat, amelyek olyan lenyomatokat hagynak, mintha kifordítanának engem, ahogy a gyermekünk a hasam falának nyomul.

Már nem vagyok a kórházban. Otthon vagyok, a gyerekszobában ülök, egy szoptatós székben ringatózva, amely nem a szó szokásos értelmében ringatózik. Ehelyett siklik.

Alvó báránykák zizegnek a fejük körül, a falakon sorakoznak, arra várva, hogy megszámolják őket. Számolni kezdek, majd mosolyogva a kiságyra nézek. Az idő megáll, meg kell állnia, mert itt, ma, most semmi sem történik.

Félig ébren, félig aludva emelem ki magam a székből. Megérintem a mobilt, és az elkezdi csengetni a Frere Jacques-ot. Együtt énekelek vele, miközben felveszek egy takarót, amin egy bárány van.

Egyre kisebbre és kisebbre hajtogatom a takarót, míg végül egy apró négyzet lesz belőle. Aztán visszateszem a kiságyba, és megpillantom magam a sarokban lévő tükörben.

A tükör egy része látható, egy része pedig nem, mert valami eltakarja. Közelebb lépek, leemelem a porvédő pajzsot, hogy felfedjem a kincset, amely évtizedek óta a családomé. Egy családi ereklye, amit anyám anyjának anyjának anyjától örököltek.

A keret hűvös tapintású, ahogy végigsimítok rajta az ujjaimmal. Fából készült, és összefonódó kézpárokat vésett bele. Az összefűzött ujjlenyomatok még hűvösebbnek érződnek. Közelebb megyek a testemmel, amíg a babapocakom az üveghez nem nyomódik. Nem ér hozzá. Átmegy rajta. Ahogy egyre közelebb és közelebb tolom, a babapocakom eltűnik benne.

Hátralépek egy lépést, és a babapocakom szívó hanggal leválik. A babám rúg és rúg újra, miközben eltávolodom a tükör elől, és visszatérek a székhez, ahol elkezdtem. Ahogy leülök, a mobil újraindul, és mi elkezdünk vele együtt siklani.

A babám megnyugszik, és mi elalszunk.

***

„Ébredj fel Cath”, mondja Darryl.

Hozzá gurulok, és hozzábújok. A baba közénk bújik. Nem tudunk olyan közel kerülni egymáshoz, mint régen, de sok más téren közelebb vagyunk egymáshoz.

Az ébresztő megszólal, és én Darryl párnájába bújok, nem pedig belé. A baba rugdos, én pedig kikászálódom az ágyból, hogy félig éberen végigvándoroljak a folyosón a fürdőszobáig, ahol kimegyek a vécére. Megnyitom a vizet, beállok a zuhany alá, és hagyom, hogy a víz végigfolyjon rajtam.

A babám imádja a vizet, és addig maradunk ott, amíg a forró víz el nem fogy, és hidegre nem változik. Most már éhesen felveszem a házikabátomat, és elindulok lefelé, amikor anya besétál a bejárati ajtón. Biztosan akkor csengetett, amikor én a zuhany alatt voltam. Megjegyzés magamnak: megkérem anyát, hogy adja vissza a kulcsot.

„Hoztam ajándékot" - mondja. Egy egész doboz jeges fánkot dob az asztalra; a fánk még meleg és mennyei illatú. Én betömök egyet a számba, ő pedig egyet a sajátjába. Megöleljük egymást, és eszünk egy második fánkot, mielőtt úgy döntünk, hogy készítünk egy kanna teát.

A babám egy köszönömöt rúg ki, és anya maga is érzi. „Ó" - mondom, miközben a baba még inkább tudtomra adja a jelenlétét azzal, hogy olyan érzést kelt bennem, mintha szaltózna.

„Jól vagy?" Kérdezi anya.

„Boldog" - mondom.

Anya felfigyel arra, hogy azt mondtam, hogy ő. Nem említi. Ehelyett elmondja a legfrissebb pletykákat.

Udvariasságból hallgatom, nem azért, mert érdekelnek a helyi történések. Korábban, mármint mielőtt találkoztam Darryllel, én is hozzájárultam a pletykavonatra való felpattanással. Néha még a kalauz is én voltam, a kalap nélkül. Néha én voltam a kocsis. Így vagy úgy, de mindig a vonaton voltam. Hagytam, hogy a pletykafészkek engem is magukkal hurcoljanak.

„Nem láttad a gyerekszobát?" kérdezem a semmiből, miközben ő éppen a pletyka-mondat közepén van.

Úgy néz rám, mintha idegen lennék. „Biztos, hogy jól vagy?" - kérdezi, és egy nagy homlokráncolás húzódik a homlokára vízszintes kérdőjel formájában.

Rájövök, hogy valami furcsát, talán még hülyeséget is mondtam. Nem tudom, hogy mit. „Jól vagyok" - mondom, és próbálom megnyugtatni, hogy igen.

Felállok, remélve, hogy ő is így tesz, de nem teszi. Ehelyett kivesz egy újabb fánkot a dobozból, és beleharap.

A babám erősen belém rúg. Mintha még egy fánkot akarna. Pisilnem kell, és ezt mondom. Anya követ engem a folyosón.

„A gyerekszobában találkozunk" - mondom.

„Oké" - válaszol anya.

Amikor csatlakozom hozzá a gyerekszobában, anya a tükör előtt áll. Csatlakozom hozzá, mellé állok, és egyre közelebb lépek az üveghez. Tesztelem, hogy átmegy-e a baba, mint tegnap, de nem megy át. Nincs hullámzás. Nincs kapcsolat. Talán álmodtam?

Ahogy elfordulok, a mobil magától elkezdi játszani a Frere Jacques-ot.

„Visszatekertem, Cath - mondja -, remekül berendeztük, ugye? Annyira örülök."

Nem emlékszem a díszítésre, és nem is akarom bevallani. Hogy is felejthettem volna el ilyesmit?

„Az ük-ük-ük-nagyanyád nagyon elégedett lenne. Örülök, hogy a tükör most már a tiéd."

A világ forogni kezd és elhalványul. Előre lépek, és majdnem felborulok. Anya elkap, és a székbe hajtogat, ahol előre-hátra-hátra siklok.

„A tükör nem jogosan a tiéd?" Kérdezem.

„Igen, de nem bánom. Tökéletesen illik ebbe a szobába."

A tükörre gondolva álomba merülök. Anya elment. Sötét van itt, kivéve egy fényt, ami a tükörrel egy kicsit távolabb, a sarokban pislákol.

A baba rúgkapál. Nyugtalan. Felállok, és a tükör felé megyek. Ahogy közelebb érünk, a fény kivilágosodik. A babám rúgkapál és mozog. Lehúzom magamról a takarót, és nézem a babapocakom tükörképét, egyre közelebb és közelebb lépve. A baba rúg egy mezőnygólt.

A babapocakom nekidől a tükörnek. A baba újra rúg, és bezárja a rést a púpom és az üveg között. Amikor a kettő összeér, a babapocakom eltűnik benne. Van egy vonzás, ami magához húz minket.

Most orral az üveghez állok. Még jobban benyomom magam, amíg a teljes arcom bele nem kerül. A fejem is követi. A babám elgurul a tükörképbe.

Valahol mögöttünk erős széllökés támad, és még beljebb tol minket. Most már eléggé bent vagyok ahhoz, hogy észrevegyem a levegő különbségét. Ősz. A levelek. Ott, ahol voltunk, tavasz volt, itt pedig ősz. Hogy lehet ez?

Éreztem és éreztem a hűvös levegő illatát, ahogy körülöttünk korbácsol, üdvözöl bennünket. A szellő érintésként suttogott a bőrömön.

A kisbabám előre és hátra tolakodik, a másik oldalon keresve a kényelmet. Kényelmet az üvegvilágban. Megsimogatom a babám pocakját, hogy megnyugtassam, és a babám visszatolakszik, hogy ugyanezt tegye velem.

Csodálatos ott. Egy erdő közepén vagyok. Nem, egy tengerparton vagyok, homokkal, tiszta fehér homokkal és a hullámok összecsapnak és összecsapnak a parton.

Nem, hegyek közelében vagyok, magas hegyek, amelyek körül ösvények kanyarognak. Ez sok világ, mind egybeforgatva. Hallom a madarak énekét. Hollók, varjak, kék szajkók, flamingók, kookaburrák, whinchats, verebek, gémek és sirályok. A nyelvemen érzem az óceán sós ízét.

Azt kiáltom: „Helló", és a hangom visszhangzik körbe-körbe és körbe-körbe. A kisbabám a visszhangra táncol, csiklandozva, kacagásra késztetve engem. Békét érzek, tiszta és édes. Örömteli. Otthon.

A másik oldalon, mögöttem, valami visszaránt. Nem akarok menni. A gyermekem sem akar menni, de valami megragad. Kiszakít minket onnan. Vissza.

„Mi a fenét csinálsz?" - kiabálja valaki. A hangja ingatag, rekedt.

Hallom a szavakat, de a hang olyan, mintha egy felhőben lenne.

***

Abban a pillanatban, hogy visszatértünk, újra el akarunk menni. Ott akarunk lenni, ott akarunk létezni. Csak ott és sehol máshol.

Móni az, és nagyon haragszik rám. „Mit gondoltál?"

Nem mondok semmit, miközben visszanézek a tükörbe.

„Ne játssz velem ártatlant" - mondja Móni. „Utaztál. Mármint egy másik dimenzióban, ugye?"

„Utaztam?" Mimikázom. Egy pillanatra elgondolkodom, hogy milyen őrültnek tűnhettem, és azt mondom: „A tükörképemet néztem, a mi tükörképünket. A babát és engem."

„A legtöbbed eltűnt!" Móni felsikolt. „ELTŰNT!"

Nevetek, és próbálok úgy tenni, mintha nem látta volna, amit látott. Próbálom elhitetni vele, hogy őrült. Ahelyett, hogy én lennék az. Én voltam ott. Láttam egy másik világot. Átmegyek a szobán, el a tükör elől, visszafordulok, és a tükörhöz megyek. Ökölbe szorítom a kezem, és nekinyomom az üvegnek, remélve, hogy nem történik semmi, de nem történt semmi.

Móni követ engem, és ugyanezt teszi. Aztán szemtől szembe állunk, és nevetésben törünk ki. Biztos őrülten néztünk ki. Őrültnek. Nevetségesnek.

A baba rúg.

Nemsokára lent vagyunk a földszinten. Móni azt mondja, hogy anyámnak el kellett mennie, és ezért jött át.

„Nincs szükségem bébiszitterkedésre."

„Hat hónap telt el", mondja Moni, "mióta Darryl meghalt, és mindannyian aggódunk érted és a baba miatt."

„A baba és én jól vagyunk" - mondom. „Nekem... még mindig minden nap hiányzik, de kezd könnyebb lenni." Hazugság volt.

„Tudom, mit kellene holnap tennünk" - mondja Móni. „Menjünk a tengerpartra."

Jól hangzik, és én beleegyezem. Bár nem tervezem, hogy fürdőruhát veszek fel.

***

Megérkezünk a strandra egy piknikkosárral, ami tele van ebéddel és mindenféle finomsággal. Lerúgjuk a cipőnket, és hagyjuk, hogy a homok a lábujjaink között csorogjon, még akkor is, ha messze nincs meleg.

„Darryl és én imádtunk ide járni nyáron."

„Ő most is velünk van itt, és mindig velünk lesz" - mondja Móni.

Móninak igaza van, de ez nem akadályoz meg abban, hogy hiányozzon. Többet akarok az emlékeinél. Azt akarom, hogy itt legyen a karjaival körülöttem.

„Hiányzik a karja, az, hogy átölel, a lélegzete. Minden egyes nap hiányzik minden, ami vele kapcsolatos."

Móni átkarolja a vállamat.

„A legnehezebb az", folytatom, »hogy Darryl sosem fogja megismerni a babánkat, és a babánk sosem fogja megismerni Darrylt«.

„Nem tudhatod, mit tartogat számodra a jövő" - mondja Moni.

Tudom, mire akar kilyukadni. Azt javasolja, hogy találkozzak valaki mással. A gondolat nem érdemli meg, hogy megfontoljam. Darryl gyermekét hordtam ki, az isten szerelmére.

„Nem akarok senki mást. Senki sem helyettesítheti Darrylt, vagy azt, ami köztünk volt. Különben is, a szívem túlságosan összetört. Soha nem fogok mást szeretni. A szívem Darrylé, és csakis Darrylé."

„Ne mondj ilyet. Nem tudhatod, mit tartogathat számodra a jövő. A szerelem többször is megtörténhet. Nézd meg az anyámat. Úgy értem, apa meghalt, hozzáment a mostohaapámhoz, és másodszorra is rátalált a szerelem. Ez nem ugyanaz. Soha nem lehet ugyanaz, mint az első szerelem, de attól még lehet szerelem. Elég lehet. Nyitottnak kell lenned rá. Ők boldogok, és te is az lehetsz idővel" - mondja Móni.

Ekkor sprintbe török, már amennyire egy nyolc hónapos terhes nő sprintelni tud, és besétálok a vízbe. A víz hőmérséklete hideg, de frissítő, és tetszik a hűvös érzés a bőrömön.

Móni belöki magát mellém.

„Ez a baba imádja a vizet."

Móni a hasamra teszi a kezét, és a baba rugdalózik. „Hát persze" - mondja.

Térdig állunk a vízben, és hagyjuk, hogy a hullámok átmossanak minket. A baba imádja, és csinál néhány szaltót.

„Elmondod nekem is?" Kérdezi Móni.

„Nem tudom, mire gondolsz" - mondom.

„Úgy értem a tükör dologról, amit csináltál? Utaztatok? Világot jártatok?"

Elgondolkodom, és úgy döntök, hogy igaza van. Úgy értem, a tükrön keresztül a babám és én úgymond elutaztunk egy másik helyre. Egy másik dimenzióba. Az *Alkonyzóna* zenéje visszhangzik a fejemben.

„És mit tudsz te erről?" Kérdezem.

„Filmeket nézek, könyveket olvasok. Még az Alice Csodaországban című könyvben is utazom Amikor beléptem, a legtöbbed eltűnt, és nyilvánvaló volt, hogy a tükörben. Te voltál a tükörben. Szóval, mit láttál? Vagy láttál valamit?"

„Nem biztos, hogy szeretnék beszélni róla" - mondom, mert ez egy titok. Egyelőre szeretném magamban tartani. Úgy érzem, ha hangosan bevallom, talán elmúlik. Tudtam, hogy bután hangzik, de az egész olyan furcsa volt, és csak egyszer történt velem. Kétszer a babával, de egyszer velem. Szeretnék ott lenni és újra megtenni, mielőtt bárkinek is beszélnék róla.

„Ígérj meg nekem valamit - mondja Móni, miközben hazafelé menet nézzük a naplementét. „Ígérd meg, hogy nem mész be egyedül. Úgy értem, anélkül, hogy lenne valaki ezen az oldalon, aki visszahúzza magát."

Bólintok egyfajta ígéretként, de nem vagyok benne biztos, hogy be is akarom tartani.

„Szeretnék ma este nálad maradni, hogy társaságod legyen" - mondja Móni.

Azt mondom, hogy rendben van, mert túl fáradt vagyok ahhoz, hogy az alváson kívül bármi mást is csináljak, kimerültem a friss tengeri levegőtől. A babám még csak nem is mozog bennem.

Belebújok a pizsamámba, és rögtön elalszom. Darrylről álmodom, keresem őt, keresem mindenhol és mindenütt. Csak megyek és megyek, a lábam felhólyagosodik és vérzik, de Darryl még mindig nincs. Néha összefutok valakivel vagy valamivel, mint egy madárijesztő a mezőn. Megkérdezem, hogy látta-e Darrylt, és mint az Óz, a nagy varázslóban, minden irányba mutat. Nagy segítség.

Megkérdezek egy furcsa, szakállas nőt is, aki egy cirkuszban dolgozik, hogy látta-e Darrylt. Nevet, nevet és nevet és nevet.

Sehol sincs, úgyhogy felébredek, és bekapcsolom a laptopomat. Az estét a rólunk készült fényképek nézegetésével töltöm. Az életünkről.

Amikor együtt voltunk, mindenütt a szerelmet lehetett látni körülöttünk. Tudom, hogy hülye közhelynek hangzik, de ott volt, különösen, amikor Darryl rám nézett, vagy amikor én néztem rá. Olyan szerelemmel szerettük egymást, ami soha többé nem lesz meg egy olyan világban, ahol külön vagyunk.

Ahogy egyedül kutatok a múltban, úgy érzem, hogy ő, a baba és én együtt nézzük a fényképeket. A baba az ölemben van. Darryl mögöttem van, és a vállam fölött nézi, ahogy lapról lapra lapozok.

Amikor befejezem, felkel a nap, és egy új napot hoz.

Kimerülten fekszem vissza az ágyba.

***

„Cath. Cath! CATH!"

Mi a...? Hagyd abba! Tovább akarok álmodni.

„CATH!!"

Rájövök, hogy Darryl hangját hallom. Micsoda? Felrázom magam. Hallgatom, és újra hallom.

„Cath."

„Darryl?"

Visszadobom a takarót, és kinyitom a hálószoba ajtaját. Most, hogy válaszoltam, újra és újra a nevemet suttogja.

A babaszobában találom magam, ahol mozdulatlanul állok és hallgatózom. Megborzongok, mintha egy szellő fújt volna át rajtam. Aztán kikapom a takarót a kiságyból, és a vállam köré tekerem. A baba csendben van, mintha még nem ébredt volna fel.

„Cath."

Az ablakra nézek. A szél kattogtatja és csattogtatja, aztán rögtön kinyitja. A hűvös ősz átkarol, átölel, és közben lökdös.

„Cath."

Arrafelé fordulok, ahonnan a hang jön. A tükör felé. A kisbabám felébred, és erősen belém rúg. Vigyázzba állok, és a tükör felé sétálok. A fakeret kezei mozognak, csavarodnak, elmozdulnak. A keretben lévő üveg csillog és remeg. Mintha egy felhő érkezett volna a gyerekszobába, és be- és áthaladna az üvegen. Közelebb lépek. Felemelem a kezem, és a tenyeremet a felületre helyezem.

*TÜKÖR, MELY ENGEM TÜKRÖZ

FELESLEGESSÉGGEL.

Egy vers, amit még a gimnáziumban olvastam, hatol be a gondolataimba. Pattan a fejembe, ahogy a kezem áttöri a felületet, és eltűnik az üveg belsejében.

Tovább, még mindig áthidalva a rést. Ott van. Egy másik kéz nyomja az enyémet. Darryl keze. Darryl keze?

Igen. Megerősítem, amikor a felhő a tükörben kitisztul. Egymáshoz érünk tenyérrel a tenyerünkhöz.

Megrémülten hátralépek, és én is visszahúzom a kezemet. A baba rúg, és én hozzáérintem a tenyeremet. A felhő visszahúzódik, miközben én megvigasztalom a babát, Darryl pedig eltűnik.

Össze akarom törni.

Benne akarok lenni.

Csak képzeltem az egészet? Megőrültem?

Megőrültem.

„Cath. Gyere vissza. Kérlek."

Egyik kezemmel megsimogatom a babánkat, majd egy kéz átmegy, az oldalunkra, és megfogja a kezemet. Darryl keze az. Itt van, és vigasztalja a babánkat. Valahogyan. Valahogyan. A szerelmem.

„Darryl."

A másik keze, az, amelyiken a jegygyűrűje van, átmegy a tükrön a mi oldalunkra. Belezuhanunk belé, az ölelésébe, a tükörbe.

„Oh Cath."

A keze megborzongat, ahogy végigsimít a babán. A baba felé fordul, és félig benne vagyunk, félig kint.

„Gyönyörű" - mondja Darryl. „Akárcsak az anyja."

„Nem tudjuk, hogy fiú-e vagy lány" - mondom, miközben a kék szemébe nézek.

„Biztos, hogy férfi" - mondja Darryl. „Erős és egészséges."

Apja hangjára a baba rúgkapál és gurul.

„Maradj nyugton" - mondom, miközben még jobban beékelődöm a tükörbe. A baba már nagyjából átjutott, de én még nem vagyok az üvegen keresztül. Ha kell, bármikor visszahúzódhatok. Nem vagyok benne biztos, hogy miért aggódom. Elvégre Darrylről van szó. Mennyire hiányzott. Egy részem mégis a túloldalon horgonyoz.

„Darryl, ő a fiad. Fiam, ő az apukád" - mondom, miközben a könnyek vízesésként csordogálnak le az arcomon. Nem apró, vékony kis női könnyek, hanem nagy, kövér, dús, zamatos, esős esős könnyek. Zokogok.

Darryl szájon csókol. Ősz íze van, de egyszerre meleg és hűvös. Aztán lehajol, és megcsókolja a babánkat.

„Fiam, vigyáznod kell anyádra a kedvemért oké, annyira büszke vagyok rád, és arra, ami egy nap leszel. Szeretlek téged. Mindkettőtöket szeretlek."

Lökdösöm magunkat, hüvelykkel kicsit előrébb megyünk. Fontolgatom, hogy végigmegyek, de valami, egy érzés visszatart. Ott akarok lenni. Át akarok menni, és Darryllel akarok lenni, bárhol is legyen. Azt akarom, hogy mi hárman együtt legyünk, örökre. Elszántan próbálom nyomni és nyomni. Azt akarom, hogy végigmenjünk.

„Ne" - könyörög Darryl. „Meg se próbáld. Most már megvan. Élvezzük ki, amíg lehet. Ez nem könyörületes."

„Én téged akarlak. Azt akarom, hogy mi hárman együtt legyünk. Mindig."

„Csak az van, amit ez ad nekünk" - mondja Darryl. „Az idő szeszélyes barát vagy ellenség. Sosem tudhatjuk, mi jön és mi megy."

„Költő vagy, és én még csak nem is tudtam" - mondom kuncogva.

Erős szellő fúj át, és Darryl hátralép. Távolodik.

„Menj most" - sürgeti.

„Nem! Hová mész, Darryl?" Kiáltok. „Gyere vissza. Kérlek, ne hagyj itt. Ne hagyj el minket megint."

„Megpróbálok visszajönni, hogy újra lássalak, amint tudlak. Ha tudok. Most menj. Valahogyan. Emlékezz rám mindig. Mindig nagy becsben foglak tartani. Higgy bennem, és akkor talán megengedi, hogy még egyszer megpróbáljunk találkozni."

A szél hatalmas felhőt fúj. Elvakít minket attól, hogy lássuk Darrylt. A felhő az előbb fehér és pufók volt, de most fekete és tele van haraggal.

Visszahúzom magunkat.

Miközben ezt teszem, a térdem megroggyan.

A földre zuhanok és zokogok.

Úgy érzem, mintha újra elvesztettem volna Darrylt.

Ezúttal azonban kettőért sírok. Kettőért gyászolok.

***

„Cath, jól vagy?"

Felébredek és emlékszem, de csak anyám az. Próbál felemelni a padlóról, de túl nehéz vagyok.

„Hívtam a mentőket" - mondja, miközben megpróbálom felhúzni magam, de nem megy.

„Le akarok feküdni" - mondom, visszaszorítva egy újabb sírógörcsöt.

Megérkezik a mentő, és felrohannak a lépcsőn. Megvizsgálják az életfunkcióimat és a baba életfunkcióit, és miután megerősítik, hogy jól vagyunk, besegítenek az ágyba.

Anya lebeg, és hogy megnyugtassam, azt mondom: „Ő jól van, és én is jól vagyok".

Megáll a szíve. „Nem is tudtam, hogy még nem kérdezted meg a baba nemét".

„Ööö, nem kérdeztem", mondom, »Az az érzésem, hogy fiú«.

Úgy tűnik, a hazugság megteszi a hatását. Úgy teszek, mintha fáradtabb lennék, mint amilyen valójában vagyok. Úgy tűnik, a baba is alszik. Miután homlokon csókol, anya kimegy, és becsukja maga mögött az ajtót.

Órákig fekszem ébren, Darrylre gondolok, és azon tűnődöm, mikor láthatjuk egymást, mikor érinthetjük meg újra egymást.

***

Minden nap, miután meglátogattuk Darrylt, vissza akarok menni.

Pontosan leírom, hogy mi történik. A feljegyzésnek van értelme. Csak így tudom biztosítani, hogy a terhességi agyam megőrizze az emlékeimet. Mindent leírva, megszállottan átélni ugyanazt a napot újra és újra lehetővé tette számunkra, hogy újra és újra átéljük. Olyan ez, mint a Mormota nap című film saját verziója, csak ezúttal én vagyok Bill Murray.

Darryl azt mondta, hogy ez „könyörtelen". Az időre gondolt?

Megkérdezem Mónit, hogy mit gondol. Ő is elég furcsának találja.

Elkezdünk együtt dolgozni, természetfeletti jelenségek után kutatni. Célunk a tükrökön belüli on-line utazással kapcsolatos események.

Érdekes cikkeket találunk a párhuzamos univerzumokról. Néhányan tükrökre, mint belépési pontokra hivatkoznak. A kutatások olyan dolgokról beszélnek, mint a virtuális valóságok és dimenzióhasadások. Szó esik továbbá dimenziókapukról és az okkultizmusról. A fiktív regényeken kívül azonban nem találunk valódi bizonyítékot, bár találunk néhány állítást.

Találunk néhány listát azokról a dolgokról, amelyeket soha nem szabad tükrökkel csinálni, mint például:

Soha ne nézz tükörbe gyertyafénynél, mert az otthonod egy nagyon kísérteties változatát mutathatja.

Ha két magas, fehér gyertya között bámulsz tükörbe, lehet, hogy egy elhunyt szeretted szellemét látod. A lelkük megragadhat a tükrödben.

Ettől az egyetől kiugrott a szívem a számból.

Darryl lelke ott ragadt? Nem tűnt rossz vagy ijesztő helynek, de említette a megbocsáthatatlan dolgot.

Megborzongtam, és áttértem a következő pontra.

Zivatar idején mindig takard le a kísérteties tükröt. A villám elszabadítja a szellemeket.

Mondom Móninak, hogy amikor először beléptem a szobába, a tükör részben le volt takarva. Átölelem magam, és ismét megborzongok.

„Először is - mondja Móni -, anyukád több mint valószínű, hogy azért tette oda, hogy ne legyen a padlón. Semmiség az egész. Véletlen egybeesés." Rám néz. „Biztos vagy benne, hogy ezt akarod folytatni?"

Bólintok, és elolvasom a következőt.

Rossz ómen, ha egy elhunyt személy otthonából tükröt kap ajándékba.

„Te jó ég!" Ordítok, és a számba nyomom az öklömet. Nem akarom megijeszteni a gyereket, de a tükör évszázadok óta a családunkban van egy haláleset után. Nem ajándékként, masnival a fején, hanem ajándékként és családi örökségként.

Nem vagyok benne biztos, hogy a tükör kié volt, mielőtt a családunkba került. Többet kell megtudnom róla.

Magyarázom ezt Móninak, aki maga is megborzong egy kicsit, mielőtt elolvassa a következőt.

Ha valaki meglátja a tükörképét egy olyan szobában, ahol nemrég halt meg valaki, akkor hamarosan meg fog halni.

„Hú, egynél rendben vagyunk" - mondja, majd rám néz, hogy megerősítsem, amit én egy bólintással teszek meg.

Elolvasom a következőt.

Ha egy szellem járkál az otthonodban éjszaka, egy tükör megörökítheti.

Ez hátborzongató. Egyikünk sem szól rá semmit.

A baba megmozdul.

Továbblapozom a cikket. Tudományos bizonyíték van rá. Megemlíti a kvantumtükröket és a multiverzumtükröket, mint átjárókat más világokba.

„Többet kell tudnunk. Többet kell tudnom erről a tükörről, és arról, hogyan került a családomhoz. Honnan indult? Ki adta nekünk és mikor?" Mondom remegve.

„Hogyan fogjuk ezt megtenni?" Kérdezi Móni, és mindketten elgondolkodunk rajta, egyedül, de együtt, jó ideig.

A napok és a hetek csak úgy folynak előre. Móni és én folytatjuk a keresést, amikor csak időnk engedi.

Nyomon követjük a tükrökön keresztül történő utazás fogalmát. Ez egészen az ősi civilizációkig nyúlik vissza.

Tetőtől talpig megvizsgáljuk a tükrünket, remélve, hogy megtaláljuk a gyártó jelét. Nem volt szerencsénk.

Mivel a baba egy hét múlva érkezik - plusz-mínusz néhány nap, akárhogy is legyen -, Moni és én együtt ülünk a konyhámban. Abból, ahogy folyton elkezdi és abbahagyja, látom, hogy valami fontos dolog jár a fejében.

„Lehet, hogy egy kicsit őrültségnek tartod."

„Mondd csak", mondom.

A baba rúgkapál. Megsimogatom a lábát.

„Figyelmeztetlek" - mondja Móni. „Odakint van."

„Folytasd csak."

„Oké, akkor kezdjük. Az interneten találtam egy nőt, aki médium és médium. Kivételesen jó, sőt kiváló híre van. Eredményeket hoz azokban az ügyekben, amikbe belevág."

Közelebb hajolok hozzá.

„Maria néni hobbiból kártyajóslást végez. Utánaolvasott annak a nőnek, akiről beszélek. Csak jót talált róla."

„Egy médium, mi?" Mondom. Nem értem a médiumok hókuszpókuszát. Bár tudok arról a fickóról, aki a tévében szerepelt, John valakiről. Edwardsról. Hangosan kimondom a nevét.

„Igen - mondja Móni.

„Úgy érted, hogy a médiumhölgy kapcsolatba lép Darryllel?"

Móni bólint.

„De én magam is kapcsolatba tudtam lépni vele. Nem tudom, miben tudna segíteni, hiszen mi már jártunk ott egyedül."

„Meg kellene próbálnunk. Szükségünk van rá. Nem Darryl miatt, hanem a tükör miatt" - mondja Móni. „Ha ez egy vándortükör. Azért mondod, hogy az, mert te is utaztál benne. Többet kell tudnunk róla. Ő képes lenne kipróbálni. Mármint a médiumok teszteket végeznek."

„Ó" - mondom, és most még jobban érdekel, mint korábban. Kicsit közelebb hajolok hozzá.

„Elmagyaráztam neki egy kicsit, hogy mi történt, anélkül, hogy túl sok részletbe bocsátkoztam volna. Anna Augustnak hívják, és mindenképpen szeretne találkozni veled, és megnézni a szobát és a tükröt. Én is szeretnék itt lenni, erkölcsi támogatásként. Mármint, ha azt akarod, hogy ott legyek."

„Itt kell lenned velem" - mondom, és a baba rúgkapál, hogy regisztrálja a szavazatát. Odamegyek a vízhűtőhöz, és töltök magamnak egy pohár hűs folyadékot. „Mennyit kér egy látogatásért?" Mondom néhány korty után.

„Ötszázat."

Leülök, és a homlokomhoz szorítom a hűvös poharat.

„Tudom, hogy sokat kérek" - folytatja Móni - »és szeretném felajánlani ajándékba«.

„Ez nagyon kedves tőled" - mondom. „De ha fele-fele arányban adnánk, és a fele ajándék lenne tőled, akkor az csodálatos lenne. Hogyan gyűjti össze? Úgy értem, előre?"

Móni elmagyarázza, hogyan működne. Tíz százalékos előleget kell küldenünk azonnal, a jóhiszeműség jeleként. Anna küldene nekünk egy nyugtát, és egyeztetne egy időpontot, amikor személyesen is meglátogathatnánk. A megbeszélt időpontban, az érkezéskor esedékes lenne a fennmaradó összeg.

„Érkezéskor?" Mondom. Kicsit szemtelenségnek tűnik, hogy így előre pénzt kérnek, de hát ki ismerte a látnokok protokollját?

Móni hoz magának egy pohár narancslevet a hűtőből, és nagyot iszik belőle. „A honlapjuk szerint a kiszállítás az ügyfél otthonába való belépéskor történik, ami téged jelentene".

„Ó, szóval akkor nem ígér semmit cserébe?"

„Ööö, nem" - erősíti meg Móni. „De az az érzésem, hogy a médiumok világában ez a szokás. Amikor beleegyezik, hogy elvállalja az ügyedet, akkor teljes mértékben elkötelezi magát. Biztosra akar menni, hogy az ügyfelei is azok legyenek. Ő választhatja ki, hogy kinek akar segíteni. Ha azt mondja az új ügyfeleinek, hogy előleget kér, a fennmaradó összeget pedig előre kéri, akkor ki tudja szűrni a dilinyósokat."

Nevetek, és azon tűnődöm, vajon akkor is bolondnak tartana-e, ha előre fizetnék. „Ő, Anna helybéli?"

„Nem, ő nem idevalósi, de tudta, hol laksz. Mármint mielőtt megmondtam volna neki a címedet. Azt mondta, hogy az elmúlt hónapokban furcsa nyugtalanságot érzett ezen a környéken. Sőt, olyan erős volt, hogy fontolóra vette, hogy maga is utánajár a dolognak."

Ez egyszerre hangzik érdekesen és erőltetetten. „Úgy érti, hogy előérzete volt?"

„Én is erre gondoltam, de ő nemet mondott. Bár gyakran vannak neki ilyenjei. Ebben az esetben pszichés zavart érzett. Valami átrohant rajta. Felállt a haja. Ilyesmi."

Egy ijesztő film megnézése miatt történik velem ilyesmi, de nem mondom ki. Ehelyett beleegyezem, hogy elküldöm az előleget, és a teljes összeget kifizetem neki érkezéskor. „Többet kell megtudnunk, és nincs sok lehetőségünk".

„Rengeteg más lehetőség van" - mondja Móni - "de Annának van utcai hitelessége. A lehető leghamarabb elintézem a dolgot."

***

Május harmadikán, délután háromkor megérkezik hozzám a neves médium és médium, Anna August. Móni és én a függöny mögé bújunk. Figyeljük, ahogy kilép a kocsifelhajtóra a járművéből. Mindketten nagyon kíváncsiak vagyunk, és meg akarjuk őt vizsgálni, mielőtt személyesen találkoznánk vele.

Az elmúlt néhány hétben megszállottjai lettünk Annának. Ugyanakkor én is megszállottja lettem a tükörnek, mióta Anna azt mondta, hogy tartsam magam távol tőle. Nem beszéltem vele, de ragaszkodott hozzá, hogy Móni továbbítsa nekem a sürgős üzenetet.

Az üzenet az volt, hogy ha még egyszer bemegyek, ő tudni fogja. A megállapodásunk érvényét vesztené. Azt is, hogy a teljes összeget ettől függetlenül ki kell fizetni.

Könnyű pénz lenne neki, ha figyelmen kívül hagynám a figyelmeztetést. Úgy fizetett volna, hogy még csak át sem lépte volna a küszöbömet. A szavai eléggé megijesztettek ahhoz, hogy bezárjam a gyerekszoba ajtaját. Csak a biztonság kedvéért.

Anna hatvan év körüli, jóképű nő. Nem csinos, hanem jóképű. Ezt nem sértésnek szántam. Mindkettőnknek így tűnik. Nagyon magas, közel két méter magas, és ahogy a haját kontyba fogva hordja a tetején. Ez még inkább növeli a magasságát.

Magas galléros, vérvörös felöltőt visel, fekete szív alakú gombokkal. A lábán vastag fekete ékcipő. Az arcán egy leheletnyi szempillaspirál, vörös rúzs, semmi több. A bal füle mögötti sötétfekete hajából egy fekete, szív alakú fülbevaló látszott ki. Tökéletesen passzolt a kabátja gombjaihoz.

Anna erőteljes elszántsággal és céltudatossággal sétál a bejárati ajtó felé. Kicsit meginog az ékszerpapucsán, mi pedig kuncogunk. Amikor Anna észrevesz minket, kacsint egyet, és keresztet vet magára. Tétovázik, aztán keresztet vet a házam fölött.

Annyira elterelte és magával ragadott bennünket mindaz, amit Anna tett, hogy nem vesszük észre a mögötte loholó férfit.

Közel két méter magas, fekete hajú és fekete szakállas. Fekete felöltőt visel, fekete sapka takarja a szemét, fekete nadrágot és cipőt. Úgy söpör végig, mint egy sötét, magányos felhő. Rájövünk, hogy a görnyedtség annak köszönhető, amit a hátán cipel: egy kis fekete ládát. Bár aprócska, a súlya elég ahhoz, hogy meggörnyedjen.

Anna leüti a kilincset, és mi előre sietünk, hogy találkozzunk velük.

***

Anna úgy söpör be, mint a szél, és a sötét felhő nem sokkal mögötte fúj be. Előbb nekem nyújtja a kezét, és megfogja a másik kezemet. A szemembe néz, én pedig az övébe - ami furcsa zöldes árnyalatú volt, apró vörös pöttyökkel a pupillán.

„Annyira örülök, hogy végre megismerhetlek" - mondja, és kinyújtja a kezét, majd megáll, mielőtt megérintené a babát. Bólintok, hogy rendben van, és ő a nyitott kezét a babára helyezi. Arra számítok, hogy rúgni fog, hogy nyugtázza a jelenlétét, de nem teszi.

„Biztos alszik" - mondom. Valami furcsa okból kifolyólag, hogy nem mutatkozik be rúgással, úgy érzem, mintha udvariatlanok lennénk.

Anna hátraveti a kabátját. Móni felé fordul, és köszön. Bemutat minket a férjének, aki a háttérben állva nyújtózkodik. A neve Ballard.

Odasétálok hozzá, és kezet fogunk. Segítségre van szüksége, hogy levegye a ládát a hátáról, ezért segítek neki. Utána egyenesen és magasan feláll. Mégsem olyan alacsony. Férfihoz képest alacsony, és Anna az ékcipőjében magasan föléje tornyosul.

„Foglalkozzunk az unalmas részletekkel - javasolja Ballard.

„Igen" - mondja Anna.

„A pénzre gondol" - suttogja Móni.

Előkapom a táskámat az oldalsó asztalról. Benne van a teljes összeg, amit átadok Annának, aki átadja Ballardnak.

„Köszönöm - mondja Anna.

Ballard kiveszi a pénzt, és átlapozza a tételt. Meggyőződik róla, hogy a teljes összeg benne van, és a kabátja zsebébe gyömöszöli.

Anna azt mondja: „Most már szeretném megnézni a szobát".

Mi hárman, Móni, Anna és én (vagy négyen, ha a babát is beleszámítom) elindulunk a gyerekszoba felé. Hátrapillantok, és látom, hogy Ballard a zsebében halászik egy kulcsot, amit bedug a zárba, és kinyitja a ládát.

Kíváncsi vagyok a kulcsra, de még kíváncsibb vagyok a tartalmára. Ballard folytatja. Visszafordítom a figyelmemet erre az ügyre.

„Majd a maga idejében" - mondja Anna, miközben továbbhaladunk. Látja, hogy kíváncsian nézem Ballardot. Úgy tűnik, nem marad le semmiről.

Mielőtt elérnénk a gyerekszobát, Anna hirtelen megáll. Majdnem belerohanok, hiszen most már én vagyok a hátsó sorban, Mónival az élen.

Anna légzése megváltozik. Zihál, és az arca nagyon kipirul. Ökölbe szorított ököllel megragadja a jobb oldali és a bal oldali másik falat, és mozdulatlanul áll. Az öklei szétnyílnak, mint a rózsavirágzás. A kezeit laposan és nyitottan a két oldalán lévő falak felületére fekteti.

Feje hátracsapódik, szemei tágra nyílnak, és a plafonra néznek. Egész teste remegni és rángatózni kezd, mintha epilepsziás rohama lenne.

***

Ekkor valami átjárja a testét. Bármi is az, látom, hogy átjárja a testét. Mónira nézek, akinek a szemei szinte kiugranak a koponyájából. Átnyúlok Anna vállán, és megfogom Móni kezét. Állunk mozdulatlanul, nem tudjuk, mit tegyünk. Anna továbbra is rezeg és forog.

Ballard ekkor ott van, és valamit Anna felhúzott homlokára helyez. Ezüst.

Látom, hogy villog a fényben, de nem tudom kivenni, mi az. Először egy homály, aztán egy csillogás. Hamarosan Anna karjai és feje leesik. Aztán újra köztünk van.

„Sajnálom, szerelmem" - mondja Ballard. „Nem számítottam rá..." Megáll, és Mónira és rám néz, akik még mindig együtt állunk, kézen fogva.

„Én sem - mondja Anna, miközben mély levegőt vesz, és többször is kiengedi, hogy megnyugodjon. „Ez egy hatalmas valami vagy valaki volt. Kaphatnék egy pohár portóit, mielőtt folytatnánk?"

Elkezdem mondani, hogy nincs portói a házban. Ballard, aki felkészülten érkezett, elővesz egy flaskát a kabátja belsejéből. Felcsavarja a kupakot, és átnyújtja Annának.

A keze remeg, ahogy megpróbál kortyolni belőle. Ballard segít neki.

Anna a kezével megtörli a száját. Még mindig látom, hogy remegnek az ujjai, amikor visszaadja a flaskát. Ballard megkínál egy korttyal. A baba miatt visszautasítom. Móni is visszautasítja, de megköszöni Ballardnak az ajánlatot.

Anna töri meg a csendet. „És most folytassuk."

***

Mielőtt elérnénk a gyerekszoba ajtaját, az becsapódik. Az erő olyan nagy, hogy azt hiszem, eltörik a zsanérok. Átfurakodom a kíséreten, a gyermekem körméretét használva, hogy utat törjek magamnak.

Amikor az ajtóhoz érek, a zsebembe nyúlok a kulcsért. Miután kinyitottam, megpróbálom elfordítani a kilincset. Két okból mondom, hogy megpróbálom.

Egyrészt, mert nem mozdul, másrészt, mert vörösen izzik, annyira, hogy sikítok, amikor a bőröm beleolvad. Olyan, mintha a fém fogantyú hozzám hegesztené magát, a bőröm pedig perzselődik, és olyan szagot áraszt, mintha grilleznének. A perzselő húsomnak szinte baconszaga van, miközben továbbra is próbálom elválasztani magam a fogantyútól. A következő néhány másodpercben mintha megállt volna az idő, és a fájdalom helyett magára a fogantyúra koncentrálok. Egyetlen mozdulattal leválasztom magam. A fogantyú megmozdul. Egy másodpercig azt hiszem, hogy elfordul és kinyílik, de nem így történik.

Balra nézek, ahol Móni áll, bámul, és azon gondolkodik, mit tegyen, de nem tesz semmit. Ballardra nézek, aki Annára néz, aki behunyt szemmel, szavakat mormol.

Nézem és hallgatom a motyogását, és rájövök, hogy valami varázsigét vagy varázslatot mond. Legalábbis annak tűnt a fiktív televíziós műsorok alapján, amelyeket boszorkányokkal láttam. A médiumok varázsigéket vagy varázslatokat végeznek? Nem voltam benne biztos, de bármit is tervezett, nagyon reméltem, hogy működni fog.

Ahogy ez a gondolat átfutott az agyamon, a kilincs hője kilencesről tízesre nőtt, és fájdalmamban felkiáltottam. Ballard felém siet, kezében a pálinkás fiolával, és a tartalmát a kezemre fröcsköli. Füstöl és köpköd, és olyan szaga van, mint egy elromlott karácsonyi pudingnak.

Működik, és a kezem leválik a fogantyúról. Ballard elvezet az ajtótól. Mozdulatlanul állok, miközben Móni átadja Ballardnak a fürdőszobából előkerült elsősegélydobozt. Gézbe tekeri a kezemet, miután befújta némi égéscsillapító folyadékkal. Ez lehűti a bőröm hőmérsékletét. Amikor körbetekeri a gézzel, a fájdalom minimális.

Amikor visszatérünk a folyosóra, Anna sehol sincs, a gyerekszoba ajtaja azonban tárva-nyitva áll.

Ezúttal Ballard megy elöl, Móni és én nem sokkal lemaradva követjük. Ballard a jobb karját maga előtt tartja, mintha a láthatatlan és ismeretlen érkezését várná. Ha egy kereszt lenne a kezében, az sem lenne oda nem illő. Túl sokat néztem tévét a saját érdekemben.

Amint belép a gyerekszobába, Ballard azt suttogja: „Anna". Megáll az ajtóban, megakadályozva, hogy Móni és én belépjünk a szobába.

Nem válaszol.

Ballard egészen beljebb lép, még mindig Annát hívja, mi pedig bemegyünk mögötte.

Az ablak tárva-nyitva, mint aznap, amikor beléptem a tükörbe. Ez a szellő azonban heves. Előre fújja a függönyt. Fodrozódnak, és kísértetiesen lebegnek a padló fölött.

A repülő függönyök a tükör irányába vezetik a tekintetemet. Móni és Ballard ugyanezt teszik, de ezúttal mögöttem vannak, ahogy a tükör felé tartok. A takaró, amely egykor a tükör fölé volt terítve, most egy csomóba gyűrődve hever a padlón.

„Anna!” Kiáltom.

Ballard a felesége nevét kiáltja.

Bár nem ismerem őt, a hanglejtésétől és a hangszínétől libabőr fut végig az alkaromon. Megfordulok és ránézek, tiszta félelmet látok. Képtelenségnek tűnt számomra, hogy ennyire ki van borulva. Ballard minden tekintetben a társa. Együtt az életük középpontjában az áll, hogy segítsenek az embereknek kapcsolatot teremteni a túlvilági szeretteikkel. Profik.

Elindulok a tükör felé. Egy hatalmas lépéssel, egész testemmel belesétálok.

Az utolsó dolog, amit hallok, hogy Móni a nevemet kiáltja.

***

A másik oldalon teljes sötétség van.

Ez más, mint az előbb. Ijesztő.

Két lépést teszek előre. Valami ropog a lábam alatt. Kicsit oldalra lépek, remélve, hogy bármi is volt az, nem lesz ott, de ott van. Tovább haladok, valami nagyobbra taposok, mielőtt megbotlom egy kicsit, majd megállok mozdulatlanul.

Túlságosan megrémülök ahhoz, hogy megmozduljak, és rájövök, hogy ez a hely pontosan olyan, mint amilyennek egy tükör belsejét elképzeltem. Amire nem számítottam, az a szag. Nyirkos, mint a rothadó őszi levelek és hideg. Magam köré fonom a karjaimat.

Nem mozdulok, remélve, hogy a szemem majd alkalmazkodik és hozzászokik a sötétséghez.

Másodpercek telnek el. Még mindig nem teszek egy lépést sem egyik irányba sem. Érzem, hogy időnként ringatózom.

Ekkora pocakkal mozdulatlanul állni nem könnyű feladat. Úgy érzem, mintha felborulnék. Megsimogatom a babapocakomat, és próbálok nyugodt maradni.

Hol vannak az erdők, a tengerpart és a hegyek? Hol van a nap és az őszi szellő? Itt megáll a fagyos levegő.

Vajon ez egy másik dimenzió?

Miért érzem olyan ismeretlennek ezt a helyet, amikor a másik otthonosnak tűnt? Bolond voltam, hogy úgy léptem be, hogy nem tudtam, hogy Anna itt van.

Ropogást hallok, majd Anna hangját. „Cath?"

A testem megremeg, ahogy válaszolok.

„Cath", mondja, »el kell tűnnöd innen«.

Megsimogatom a babapocakomat, hogy megpróbáljak normális lenni.

„Tudod, hány lépést tettél meg, miután bejöttél?" Anna megkérdezi.

Mondom neki, hogy nem tettem sok lépést, pedig nem is számoltam meg őket.

Megkérdezi, hogy meg tudnék-e fordulni, ha tudnám, hogy melyik irányba jöttem, és azt mondom, hogy azt hiszem, tudom.

„Fordulj meg, és menj a külső irányba - utasít Anna. „Követem a lépteid hangját. A hangok majd eligazítanak, és együtt kijutunk".

Darrylre gondolok, amikor először találkoztunk. Ezekkel a boldog gondolatokkal az elmém előterében egy emlék tolakszik be. Valamiről volt szó, amit olvastam vagy láttam. Arról, hogy a sötétben démonok veszik fel azoknak a hangját, akiket ismerünk, néha még azoknak is, akiket szeretünk. Ebben a démonok úgy tesznek, mintha azok lennének, akik nem azok.

Elcsendesítem az elmémet, és eltaszítom magamtól ezeket a gondolatokat, erőt merítve Darrylre és a babára gondolva. Megfordulok, kinyújtom a karom, hogy kitapogassam az utat. A ropogástól pánikba esem, de tudtam, hogy nem mentem túl messzire. Vak zombiként lépkedek előre, és nem érzek semmit.

Még két lépést teszek balra, még mindig ugyanabba az irányba haladva, mint az előbb, és ismét kinyújtom magam elé a kezem. Még mindig semmi érintkezés semmivel. Még két lépés.

Ott van. Érzem, és előre lépek. Ballard és Móni húznak végig.

Anna megragadja az ingem farkát, és szintén átjön.

Biztonságban vagyunk.

Visszatértünk.

***

Sírva fakadok, ahogy Moni átsegít a szobán. Úgy ülök a siklószékben, mintha a világ súlyát cipelném a vállamon. Megsimogatom a babapocakomat, és Frere Jacques-ot dúdolok, hogy lecsendesítsem a szívemet és az elmémet. A kisfiam nem reagál rúgással, de nincs rosszabbul.

Móni hoz egy csésze forró teát. Túlságosan remeg a kezem ahhoz, hogy megfogjam. Az ajkamhoz emeli, és én iszom egy kortyot.

A sarokban, hallótávolságon kívül Anna suttog Ballardnak, miközben húz egyet a flaskából. Remeg, és Ballard időnként felém bámul, majd vissza a feleségére. Én mentettem meg, én hoztam vissza. Kíváncsi vagyok, miről beszélgetnek, de túl fáradt vagyok ahhoz, hogy beleéljem magam a beszélgetésükbe.

„Mennyi ideig?" Kérdezem Mónitól.

„Nyolc órája."

„Nem lehetett nyolc óra!"

„Odakint sötét van. Látod?" Elhúzza a függönyt, és a nappali fény helyett sötétséget mutat odakint. Közelebb hajol, és megkérdezi: „Milyen volt Darryl?"

A fiam olyan nagyot rúg, hogy eláll a lélegzetem. Végigsimítok a lábán a bőrömön. „Nyugodj meg, fiam".

Móni megvárja, amíg a baba megnyugszik, mielőtt megkérdezi: „Ha Darryl nem volt ott, miért voltál olyan sokáig távol?".

„Nem tudom" - mondom, Anna irányába pillantok, és remélem, hogy ő talán tud válaszokat adni. Elvégre ő az egyetlen szakértő a szobában.

Anna újabb húzást vesz a flaskából. Amint meglátja, hogy bámulom, átbotorkál a szobán. „Jól vagy?"

Anna a bal oldalamon áll, Móni előttem, Ballard pedig a jobbomon, mintha én lennék egy félkör középpontja. Megborzongok. Móni egy takarót dob a vállamra.

Anna azt mondja: „A tükörnek sok arca van. Az ott - mutat felé -, „el kellene pusztulnia".

„De miért?" Kérdezem csikorgó fogakkal. „Évtizedek óta a családomé, és ez hozta el hozzám Darrylt".

„Azt javaslom, küldd el, ha nem tudod elpusztítani. Újra hívni fog téged, és arra csábít, hogy belépj, ha a házadban van.

Legközelebb talán nem lesz ilyen szerencsés. Legközelebb talán örökre ott ragadsz."

„Hallgasson a feleségemre - mondta Ballard. „Ő tudja, miről beszél, és csak azt akarja, hogy önnek és a gyermekének ne essen bántódása".

„Bajunk eshetett volna, de nem történt meg" - mondom. „Sötét volt és nyirkos, de voltam már rosszabb helyeken is, sokkal rosszabb helyeken is."

Anna tétovázik, járkál egy kicsit, aztán azt mondja: „A ropogó hang. Mit gondoltál, mi volt az?"

Ballard a felesége felé lép, a fülébe súgja. Ismét felém fordulnak.

„Levelek" - válaszolom. „Halott levelek."

Anna szeme felcsillan, ahogy a férjére néz. „Ez a csonttörés hangja volt. Mások csontjai, akik nem tértek vissza."

Zihálok, és próbálok nem sikítani. Elgondolkodom a hangon, amit hallottam, és azon tűnődöm, vajon csak kitalálta-e, hogy meg akar ijeszteni. Ha csontokra léptem volna, milyen hangja lett volna? Milyen érzés lett volna a lábam alatt? Pontosan olyan hangjuk lenne, mint a tükörben lévőknek.

„Na, most pedig tűnjünk el innen - mondja Anna. „Mindent megtettünk, amit tudtunk. Nem maradhatunk itt tovább. Jegyezd meg, amit mondok, ha nem pusztítod el azt a valamit, akkor a te fejedre száll."

Ahogy elsétálnak mellettem, odaszólok: „Miért nem vártatok meg? Miért léptetek be a tükörbe nélkülem? Azelőtt ott volt Darryl, a férjem. Minden biztonságos és jó volt. Miért nem vártál?"

Felállok, és követem őket, választ, magyarázatot várok.

Anna tovább sétál.

Ballard megáll, fontolgatja, hogy mondjon valamit. Meggondolja magát. „Gyere, szerelmem. Ez a nő nem értékeli az áldozatodat vagy a tanácsodat."

„Az áldozatát? Én bementem oda, és kihoztam őt onnan! Megmentettem őt."

„Nyugodj meg" - mondja Móni. „Ez nem tesz jót a babának."

„Takarodj a házamból!" - kiabálom.

Miután Ballard a hátára csatolja a bőröndöt, ő és a felesége elhagyják a házamat.

Ökölbe szorított kézzel állok, miközben a víz lecsorog a lábamon. Szédülés önt el, és a földre zuhanok.

***

Ez nem is víz. Hanem vér.

Csak azután jöttem rá, hogy a mentőautó sikítva jön fel a felhajtón, és a mentősök megvizsgálnak. Az életjeleim rendben vannak, de ragaszkodnak hozzá, hogy kórházba menjünk.

Pihenve, gépekhez és monitorokhoz kötve, hálás vagyok, hogy a fiam és én is jól vagyunk. Semmi több, semmi kevesebb.

Móni felhívta anyámat, aki gyorsan megérkezett. Leült mellém, fogta a kezemet, és azt mondta, hogy minden rendben lesz. Most mélyen alszik egy székben.

Ahogy nézem, ahogy alszik, rájövök, hogy az anyák isteniek. Fogantatásunk pillanatától kezdve mindenben rájuk támaszkodunk. Amikor elmagyarázzák, hogy minden rendben lesz, még ha tudjuk is, hogy nem tudhatják, akkor is hiszünk nekik. Ha azt mondanák, hogy az ég narancssárga, akkor is hinnünk kellene nekik. Miért hazudnának nekünk? Anyáink ápolónők, orvosok, tanácsadók, vagy tanácsadók, tanárok, filozófusok és a barátaink. Az anyák annyi kalapot viselnek.

Érzem a babapocakomat, és arra gondolok, hogy én magam is képes vagyok betölteni az anya és a fiam egyedüli szülőjének szerepét. Remélem, hogy felérhetek anyám erejéhez és bátorságához. Ha csak nyolcvan százalékát tudnám elérni annak, amit ő jelentett számomra, akkor a holdon túl lennék.

Megfontolom, amit az orvos mondott nekem. A vérzés nem volt komoly. Egy átmeneti állapot, és elállt. A baba jól van, erős szívveréssel. Mégis, a szülés időpontja nincs messze, és azt akarják, hogy itt legyünk.

Csalódottan, Annára gondolva elkalandozom. Annyira fel volt készülve arra, hogy eljön, és felajánlotta a segítségét. Megkértem Mónit, hogy vegye fel vele a kapcsolatot, hátha be tudna pótolni néhány hiányosságot. Tudni akartam, mi történt vele, mielőtt beléptem a tükörbe. Mit tudott? Mit látott?

Azt is tudni akartam, hogy miért ugrott be a tükörbe, mielőtt bármelyikünk a szobában lett volna.

Könnyek csordultak le az arcomon néma sírással. Annyira hiányzik Darryl. Az élet teljesen más lenne, ha itt lenne. Az élet túl rövid, túl értékes ahhoz, hogy egyetlen pillanatot is elpazaroljunk.

Hátradőlök a párnának, és lehunyom a szemem.

***

A lábam felemelkedik a földről. Monarch-pillangó szárnyaimmal kirepülök a szabadba. Egyre magasabbra és magasabbra emelkedem az égbe, ahogy a repülőgépek elhaladnak mellettem. Az utasok integetnek ki az ablakon. A madarak megállnak. Egyikük a vállamra ül. Énekelve nyitja és csukja csőrét, mintha beszélgetni próbálna velem. Elrepül, boldogan, hogy megpróbált kommunikálni égi lakótársával.

Alattam egy apró, szárnyas ember követ. Megsimogatom a babapocakomat, de már nincs ott. Az alattam lévő szárnyas személy a gyermekem. Szárnyai kék és fekete színűek. Repülni tanul. Küszködve tör felém.

„Anya", kiáltja.

Én a helyemen lebegek, és várom, hogy utolérjen.

„Anya", kiáltja újra.

Lenyomom magam, amíg egymás mellé nem kerülünk. Megfogom a kezét.

Együtt emelkedünk fel.

Hátravetem a fejem, még mindig a kezét a kezemben tartva, és az égbolt a másodperc töredéke alatt változik nappalból éjszakává. A levegő melegből hideggé változik, a szél felerősödik, és eltaszít minket.

A fiam és én egymásba kapaszkodunk, és szinkronban csapkodunk a szárnyainkkal. Tehetetlenül.

Mennydörgés támad. Villámok cikáznak az égen mögöttünk, alattunk, egyre közelebb és közelebb.

Egy közvetlen találat a szárnyaimra. Egy szikra gyullad ki az övén.

Visszazuhanunk oda, ahonnan jöttünk.

***

Sikoltozva ébredek. Ennyit arról, hogy nem ébresztettem fel anyát.

Az álom olyan valóságos volt, olyan élénk. A monitorok villogtak és csipogtak. A kórházi személyzet berohant, és átvették az irányítást.

„Csak egy álom volt" - mondtam, hogy megnyugtassam őket. Mégis tovább rohantak.

Kitörlöm az álmot a szememből.

Valami baj van anyával. Nem miattam jöttek be.

Egy kórházi ágyra fektetik, és kigurítják a szobából. A kerekek csikorogva távolítják el tőlem.

„Mi történik?" Kiáltom. Próbálok felállni, hogy vele menjek, hogy vele legyek. Utol kell érnem a kíséretet.

Meg vagyok azonban kötözve. Megpróbálom kiszabadítani magam. Nem elég gyorsan.

Egy nővér tűt szúr a karomba.

Az utolsó dolog, amire emlékszem, hogy káromkodom.

***

Moni mellettem van, amikor felébredek. Már nappal volt, amikor elaludtam. Most sötét van. Az ablakon keresztül minden tintafeketének és csillagtalannak tűnik.

Ahogy próbálom összerakni a darabkákat, a fiam nagyon erősen belém rúg. Mintha emlékeztetne, hogy őt tegyem első helyre, mintha emlékeztetni kellene rá. Először az a rémisztő álom volt. Aztán anya bajban volt, beteg volt vagy ilyesmi.

Visszazökkentem a valóságba.

Móni egy pohár vizet nyújt a kezembe. Olyan régóta barátok voltunk, hogy néha olyan érzésem van, mintha telepatikus kapcsolatunk lenne. Móni a legjobb barát a világon. Nem tudom, mihez kezdenék nélküle.

„Köszönöm - mondom, miközben kortyolok egyet, és érzem, ahogy a hűvös víz utat tör magának a nagyon is üres gyomromba. Nem csoda, hogy a babám őrülten rugdalózik. Szükségem van a feltöltődésre, mivel ma kihagytam az evést. Nem mintha a kórházi koszt olyan lenne, amiről haza lehetne írni. Megkérdezem Mónit, hogy nem bánná-e, ha kiosonna, és hozna nekem valami gyorséttermi kaját.

A szokásos, logikus énje, Móni azt javasolja, hogy hívjam fel a nővért. Kérdezzem meg, hogy tudnának-e nekem valamit csinálni, hogy ne szakítsam meg az étrendi előírásokat nekem és a babának. Ez jó tanácsnak hangzik, bár én megöltem volna egy sajtburgert, sült krumplit és shake-et.

A nővér segítőkész, és azt mondja, hogy amint lehet, hoz valami kifejezetten nekem készített ételt. Kórházi nyelven, ami azt jelentette, amint a ranglétra csúcsára értem. Aki először jön, azt szolgálják ki.

Egyik kezemmel megdörzsölöm a babapocakomat, és még több vizet kortyolok, hogy az éhségérzetet távol tartsam magamtól.

„Beszélnünk kell" - mondja Móni.

„Hallgatlak."

„Először is, anyukád jól van. Szélütése volt, de amennyire én tudom, nem volt nagy. Nem ismerem a pontos részleteket, mert nem vagyok a családtagja, de az a benyomásom, hogy teljesen fel fog épülni."

Sóhajtok egy megkönnyebbült sóhajt, és emlékeztetem Mónit, hogy ő olyan, mint a húgom, aki nekem sosem volt.

„Nekem van egy nővérem" - mondja Móni - »de te vagy a választott nővérem«.

„Szeretlek" - mondom.

„Én is szeretlek."

Egy pillanatig hallgatunk, aztán azt mondja: „Beszéltem Annával az érdekedben. A látogatásod a házadban és a tükörben teljesen kiborította őket. Az a kettő nem kezdő. Ő, mármint Anna, még soha nem érezte magát olyan közel a tiszta gonoszsághoz, mint amikor a tükrödben volt".

Emlékszem a boldogság érzésére, amikor Darryllel voltam. Az érintésének az érzése. A kapcsolatát a fiával. Amit mondott, nevetségesnek tűnt, és én ezt mondom.

„Hogy érted ezt?"

„Először is, én is ott voltam. Igen, nagyon sötét volt. Nyirkos volt, és még egy kicsit büdös is, de nem éreztem a gonosz jelenlétét a levegőben. Ha a gonosz ott lapult abban a sötétségben, akkor bármikor elragadhatta volna bármelyikünket. Ki voltunk szolgáltatva neki. Akkor miért nem tett semmit?"

„Azt mondja, az ördög csak a sérültek lelkét akarja. Azokéra, akik gonoszságot követtek el, vagy gonosz tetteket hajtottak végre. Kivételt csak azok képeznek, akik önként jönnek hozzá, és akik tiszta szívűek."

„És Anna, ő hogy illik bele ebbe a forgatókönyvbe? Kérdezem én.

„Anna azt mondta, hogy ha te és különösen a baba nem lettél volna ott, akkor a dolog elvitte volna őt. Azt mondja, az súgta neki, hogy elveszett, hogy az övé volt, mielőtt te beléptél a tükörbe. Amikor beléptél, a babából fény áradt. Nem volt erős fény. Halvány volt, de elég volt ahhoz, hogy tudja, hogy ott vagy. Ez a fény elvezette őt hozzád, és az utolsó lehetséges pillanatban megragadott téged, és te kihúztad őt. A baba nélkül, nélküled elveszett volna, a lelke örökre ott ragadt volna."

Gondolkodás nélkül megsimogatom a baba lábát. Megfordul bennem.

Felnézek, amikor egy idegen jön be a szobába egy klisével a kezében. Akkora homlokráncolást visel, mint a Grand Canyon, de valahogy egyszerre kipirult és sápadt.

„Maga Cath?" - kérdezi.

***

Nincs rajta fehér köpeny, és nem családtag vagy barát.

Bólintok, megerősítve, hogy én vagyok én.

Válaszul azt kiáltja: „Hozd be!".

Két futár hoz be egy nagy, fedett tárgyat.

Mielőtt leleplezék, már tudom, mi az. A tükör. „Mit keres az itt? Nem kértem, hogy hozzák."

„Itt írja alá." A férfi átnyújt Móninak egy tollat. A lány először határozottan megtagadja az aláírást, de a férfi felemeli a hangját. Azzal fenyegetőzik, hogy lármát okoz, ezért aláírja, de csak azután, hogy én mondom neki, hogy írja alá.

„Majd kitaláljuk, hogy mit csináljunk vele, miután ez a két bohóc - nem sértésnek szántam - elment."

Móni elvigyorodik, és én is.

A futárok visszavonulnak.

„És most mi lesz?" Móni megkérdezi, olyan messze állva a tükrötől, amennyire csak tud anélkül, hogy kimenne az ajtón.

Biztonságban érzem magam ott, ahol az ágyon fekszem, takaróba burkolózva. Innen megpróbálhatok mindent megtenni, hogy ne vegyek tudomást az elefántról a szobában. Mi a fenét keresett itt, és ki küldte?

***

Móni telefonja megcsörren, amitől mindketten felpattanunk. Éppen azzal van elfoglalva, hogy a tükröt az ablak mellé tolja oldalra.

„Mindjárt jövök" - mondja.

Útközben, hogy üdvözöljön, egy új ügyeletes meglátja a tükröt, és leleplezi. „Milyen gyönyörű tükör" - mondja. „A keret és különösen a fa egészen lenyűgöző." Végigsimít az ujjaival a vésett, összekötött kezeken, és azt mondja: „Japán, ugye?".

„Nem tudom, de már évtizedek óta a családom tulajdonában van."

Az ügyeletes úgy helyezi el a tükröt, hogy a perifériás látómezőmben látható legyen. Egy része felém néz, egy része pedig az ablak felé.

A hátulját nézi. „Láttam már ilyesmit korábban. Ha valaha el akarja adni, kérem, hívjon fel itt, és kérjen engem, vagy hagyjon üzenetet.

A nevem Daniel Chung." Átnyújtja a névjegykártyáját.

„Ööö, köszönöm" - mondom, miközben Móni visszatér a szobába.

„Minden rendben van?" - kérdezi, miközben a tükörre néz, és látja, hogy az ügyeletes megsimogatja.

„Igen - válaszolom -, Daniel azt mondta, hogy szerinte a tükör japán. Azt mondta, hogy látott már ilyet korábban. Ja, és érdekelné, hogy megvegye. Mármint ha valaha is meg akarnék válni tőle."

Móni elsápad.

Dániel ellenőrzi a pulzusomat. Megerősíti, hogy minden rendben van, és megkérdezi, hogy szükségem van-e valamire.

„Milyen furcsa egy fickó" - mondja Móni.

Elfolyt a magzatvizem.

***

A dolgok túl gyorsan történnek. A monitorok megőrülnek. Megkezdődnek a fájások. Kitágultam és készen állok a nyomásra. A baba szívverése csökken, ahogy a vérnyomása is. Kitolnak a műtőbe, és elkezdenek előkészíteni a sürgősségi császármetszésre. Bárcsak Darryl itt lenne velem.

Minden a kezemben van. Felszedtek és bemennek, hogy megmentsék a fiamat.

Nem vagyok magamnál, nem látok és nem érzek semmit. Nézem a kórházi személyzetet. Hallgatom a gépeket. Remélem és imádkozom, hogy a fiam rendbe jöjjön.

Felemelik, hogy láthassam.

Nem sír.

Kék.

Sikítok.

Valaki egy tűt szúr a karomba.

Úgy alszom, hogy tudom, a fiam meghalt.

***

Felébredek és emlékszem.

„Szeretné megfogni?" - kérdezi egy nővér.

Bólintok.

Elhagyja a szobát.

Felkelek az ágyból.

A fiam egy üvegvitrinben érkezik, zöld takaróba burkolózva. Hozzá illő kötött sapkát visel.

A nő átadja nekem. Könnyek gördülnek le az arcomon, amikor megcsókolom a hűvös homlokát, és látom, ahogy a tükörben tükröződünk a szoba másik oldalán.

Odasétálok hozzá.

Még mindig anya vagyok. Kezemben a fiammal.

Megcsókolom minden egyes szemhéját.

A föld a lábam alatt remegni kezd, ahogy a nap fényt kiált a szobába, a tükörbe és a fiamba.

A szemhéjai felpattannak. Lát engem. Megismer engem.

Aztán eltűnik.

Megbotlok, karjaimban tartva a semmi könnyedségét.

Ott a tükörben Darryl tartja a fiunkat.

„Szeretlek" - mondja Darryl a homlokára nyomva egy puszit.

„Én is szeretlek - mondom, miközben a fiunk sírni kezd.

A tükör először lassan forogni kezd, majd lendületet vesz. Döcög és csikorog, úgy forog, mintha mindjárt elrepülne.

Hipnotizálva nem tudok félrenézni.

Darryl keze kinyúl a tükörből, és én megfogom.

És örökre együtt leszünk Darryl, a babánk és én.

HALÁL KÍVÁNSÁG

NEHEZEN TUDOTT MÁSRA GONDOLNI.

A tökéletes időben élt. Egy olyan időben, amikor bármit megtalálhatott a neten.

Videókat és fényképeket. Mindent, amit tudni akart róla. Még olyan dolgokat is, amelyek halálra rémítették! És mindezt megtehette a munkahelyén vagy otthon.

Mindössze több lapot kellett nyitva tartania, és ha kellett, ide-oda váltogatni. Olyan volt, mintha kém lett volna, aki macska-egér játékot játszik, amiről csak ő tudta, hogy játszanak vele.

Minden ébren töltött óráját - vagy amennyit csak tudott - kutatással töltötte. A kirakós darabkáinak elrendezésével és újrarendezésével. A felkészülés volt a kulcs. Mindent összerakott, amíg készen nem állt. Akkor könnyű dolga lesz, és ha minden tény az asztalra kerül, kizárja a kudarc lehetőségét.

„A kudarc nem opció" - mondta magában, és azon tűnődött, ki mondta ezt először. Kíváncsiságból rákeresett a Google-ban. Talált egy azonos című könyvet, amelyet Gene Kranznak, a NASA küldetésirányító repülési igazgatójának tulajdonítottak.

A probléma az interneten való kutatással - a figyelemelterelés. Olyan könnyű letérni a helyes útról. Egy sötét lyukba. Ha nem figyelt volna rá, az idő elrepült volna, és hamarosan túl öreg lenne hozzá.

Aztán ott voltak a megszakítások. Az életnek megvoltak a maga zavarásai, jók és rosszak egyaránt. Szembe kellett néznie vele - végigjárhatta az életét olyan dolgokkal, amiket szeretett, vagy olyanokkal, amiket utált, de akárhogy is, az idő elszállt előle, és nem tehetett semmit, hogy irányítsa.

Csak annyit tehettél, hogy becsuktad az ajtót, reménykedtél, és el kívántad a világot. Néha ez nem volt túl jó érzés azoknak az embereknek az életedben, akiket szerettél, például a feleségednek. Vagy a kutyád.

Néha úgy érezte, hogy le kellene esnie, hogy mindent bevalljon a feleségének. Hogy a lábai elé vesse magát. De aztán elgondolkodott azon, hogy mit érezne, ha a titka nem csak az ő titka lenne. Hogyan kellene válaszolnia a kérdésekre, és hogy a döntései nyilvánosak lennének. Minden kis darabkáját szétszednék, mint a karácsonyi kekszet.

Nem, döntött. A titoktartás volt az egyetlen megoldás. Különben is, a nő aggódna. És talán másokat is belekeverne, például a férfi szüleit, a lány szüleit vagy a barátaikat. Akkor a macska kikerülne a zsákból.

Kíváncsi volt, honnan származik ez a kifejezés. Rákeresett, és kuncogott az online vitákon, különösen a német és a holland „disznóól" összehasonlításokon. Lefelé görgetett, szerette volna felfedezni a szerző nevét, de feladta, amikor a felesége „he-he-hem", mögötte. Átkapcsolta a képernyőt valami semlegesre.

„Még néhány perc" - mondta.

Becsukta maga mögött az ajtót.

Valahányszor bedugta a fejét az ajtón... Még azután is, hogy eltűnt... Úgy érezte magát, mintha megint hétéves lenne, és rajtakapták volna, hogy a keze a sütisüvegben van.

Átkozott katolicizmus, gondolta.

Mindenért bűntudatot érzett.

Nem mintha kiverte volna, vagy ilyesmi.

Dolgozott.

Leginkább dolgozott.

Igaz, hogy nem kapott fizetést, de attól még munka volt. Volt értelme. Megkereste a „munka" szót. Az egyik definíció szerint „a kínzás egy formája".

Nevetett.

Próbált koncentrálni, de nem tudott, mert olyan átkozottul bűnösnek érezte magát. Mintha a felesége állandóan rajta lenne. Szidja őt - pedig nem is ezt tette. Az elméje azt kiáltotta: „Hát nem számítok?". Befogta a fülét, és összerezzent. Már a puszta gondolatától is, hogy a nő feljelenti őt, hogy a szavai úgy vágnak át rajta, mint a vajon, az ujját harapdálta...

„Ön harapdálja az ujját ránk, uram?" - kérdezte az üres szobába.

„Mondott valamit?" - kérdezte a felesége a csukott ajtón keresztül.

„Nem" - mondta a férfi. Aztán az orra alatt: „Nem harapdálom az ujjamat rátok."

Ezek voltak az egyetlen sorok Shakespeare-ből, amelyekre emlékezett. Akárcsak Shakespeare, ő is egy kicsit drámakirálynő volt.

Visszament dolgozni, most már bűntudata volt, amiért hazudott Jayne-nek.

Nem mintha pornót nézett volna, vagy bármi ilyesmit. Néhány haverjának megvoltak a maga bűnös online örömei, de ez nem az ő dolga volt. Amikor hencegtek a hódításaikkal, attól legszívesebben eltűnt volna. Az egyik házas barátja több ilyen online társkereső oldalra is feliratkozott. Képeket küldtek neki a telefonjukon, pedig még csak nem is találkozott velük személyesen. Aztán ott voltak az online pornófüggők. Beszéltek róla, sőt, még dicsekedtek is vele.

Rosszul érezte magát tőle. Szégyellte, hogy férfi.

Aztán megint csak sokan a feleségek közül rojtos rózsaszín bilincset vásároltak, miután elolvasták azt a szexi könyvet a toplistán. A felesége is megpróbálta elolvasni, de mivel angoltanárnő volt, nem tudott túllépni a rossz íráson. A felesége barátai folyton azt mondogatták neki, hogy próbálja meg. Azt mondták neki, hogy ne törődjön az írásmóddal, de a benne lakozó tanárnő ezt nem engedte meg neki.

Megint csak hagyta, hogy elkalandozzanak az elméi. Rákeresett a szexi könyv címére, és a YouTube-on felfedezett egy oda nem illő bábut, aki felolvasott néhány fejezetet. Bedugta a fülhallgatóját, és hallgatta, és önmaga ellenére felnevetett. Valaki nagyon sok gondot fordított arra, hogy összerakja.

De ez nem volt több, mint figyelemelterelés. Vissza kellett térnie a feladatához. Utálta magát, amikor nem tudott koncentrálni, és mégis, olyan könnyen elterelődött a figyelme.

Éppen ekkor a kutyája, Buddy ugatott, és ő az órájára nézett. Buddy már majdnem harminc perce kint volt.

Bűntudatot érezve felpattant, és tett néhány lépést az ajtó felé, anélkül, hogy kicserélte volna a paravánt. Buddy ismét ugatott, és visszatért, hogy becsukja a laptopját. Jobb félni, mint megijedni, gondolta magában, miközben kilépett a szobából, és végigsétált a folyosón.

„Túl kevés, túl késő - mondta Jayne nevető hangon az irányába, amikor Buddy feléje pattant.

„Bocsánat - mondta -, csak most hallottam meg".

„Ne aggódj", mondta, »közelebb voltam«. Aztán visszatért az olvasáshoz és a diákjai dolgozatainak javításához.

Ő és Buddy visszatértek a folyosón, és az irodájába mentek. „Bocs, Bud" - mondta, miközben a kutya leült a padlóra, és nyalogatni kezdte az arcát. „Hiányoztam, Buddy?" - kérdezte többször is, mire Buddy igent ugatott.

„Jobb, ha visszamegyek dolgozni, Bud" - mondta lemondóan.

Visszament az irodájába. Leült, elhatározta, hogy most már koncentrálni fog.

Közelebb hajolt a képernyőhöz, miközben végig mérlegelte az előnyöket és a hátrányokat. Nem írt le semmit, nem készített jegyzeteket. Ha megtette volna, akkor valaki megtalálhatta és elolvashatta volna őket. Akkor mindent meg kellene magyaráznia, és annak a beszélgetésnek nem akart részese lenni, sem most, sem máskor.

„Kérsz egy csésze teát?" Jayne a konyhából hívott.

„Nem, köszönöm" - mondta.

Zavarok és még több zavaró tényező. Öt olyan egyszerű szó, mint „Kérsz egy csésze teát?", képes volt az agyát spirálba repíteni. Elkezdett ezen meg azon gondolkodni, és azon, hogy minden mindennel összefügg. A következő dolog, amire emlékezett, hogy kisfiú lesz, aki a szülei kertjében hintázik a hintán. Aztán látta magát hintázni egy fán a parkban. Túl kimerült volt ahhoz, hogy kutatni tudjon. Nem fizikailag, érti, hanem szellemileg.

A mai nap azonban leginkább az ő napja volt. Vasárnap volt, és Jayne a nap nagy részét a dolgozatok javításával, majd a vacsora elkészítésével töltötte. Persze, számított rá, hogy egyszer majd előbújik a „barlangjából". Így nevezte az irodáját. Egyenes utalás arra a könyvre, amit Oprah-ban látott. A felesége ajándékba adott neki egy példányt, remélve, hogy ez majd kihozza a férfi barlangjából. Nem emlékezett az alkalomra, de abból, amit megpróbált elolvasni, szemétnek tűnt.

Jayne ismét kopogott.

Éppen annyi ideje volt, hogy újra átkattintson a céges oldalra, mielőtt a nő átkarolta a nyakát, és megcsókolta a feje búbját.

A férfi önkéntelenül megvonta a vállát. Elrejtette a munkáját, és elképzelte, hogy a lányt érdekli, amit a képernyőn lát.

Érdekelte, mert megjegyezte, hogy a Facebook egy másik ablakban nyitva van. Úgy érezte magát, mint egy idióta, aki vasárnap délután a Facebookra pazarolja az idejét. Vagy másképp fogalmazva, idiótának érezte magát, amiért Jayne azt gondolta, hogy vasárnap délután inkább a Facebook böngészésével tölti az idejét - ahelyett, hogy vele töltené az időt. Ez egyáltalán nem így volt, és azt akarta, hogy a lányt erről megnyugtassa.

De ugyanakkor úgy gondolta, hogy talán bármit is gondoljon Jayne ezen a ponton, az már vitatható.

Lazán görgette végig a munkahelyi e-mailjét, úgy tett, mintha rendkívül elfoglalt lenne, amikor felbukkant egy állapotfrissítés ablak. Gyorsan becsukta, és azt kívánta, bárcsak Jayne eltűnne.

„Nemsokára indulásra kész leszel, kedvesem?" Jayne megkérdezte.

„Persze, adj öt percet" - mondta, és ahogy a lány az ajtóhoz közeledett - »vagy talán tíz?«.

„Oké, tíz legyen, de ma tényleg szükséged van egy kis friss levegőre. Ahogy nekem is. Ráadásul elkészítem Buddy ólmát, és ő is jöhet."

„Jó ötlet" - mondta, jól tudva, hogy Buddy jobban várja, hogy kimenjünk, mint ő maga.

***

Elég, ha csak annyit mondok, hogy a kinti vállalkozásuk nem tartott sokáig. A bevásárlóközpontba vezetett. Tömegek. Bérencek. Időpocsékolók. A jövő heti aranyeres H-erek. Elmosolyodott, de nem érezte szükségét, hogy megossza Jayne-nel a viccét.

Jayne felajánlotta, hogy mindent elpakol, így hagyta neki.

Be akart és be is kellett mennie a dolgozószobájába, és be kellett csuknia az ajtót. Teknősbéka módjára csinált, amint bejutott, a fejét körülölelő ingével. Így ült ott, vigaszt és csendet keresve, amíg elég nyugodt nem lett ahhoz, hogy újra nekilásson a kutatásának.

Amikor a feje újra felpattant, hallotta, hogy Jayne vacsorát készít. A lány az oldies rádiócsatornát dúdolta. Elképzelte, ahogy Jayne a tűzhelynél áll, és Buddy ott ül, és türelmesen vár egy-két ízelítőre.

Ez volt a Bud-meister a maga számára. Mindig várt, és azokkal az őzike szemekkel figyelt, és muszáj volt neki dobni valamit. Annyira hiányzott neki ez a kutya.

Párszor reccsentette az ujjait, mint egy profi zongorista. Aztán végigsimította az ujjait a billentyűzeten. Google-keresés. Ami azonban felbukkant, az teljesen más volt, mint bármi, amit eddig látott!

Online volt. Valódi videók voltak emberekről, akik ezt csinálták. akik csinálták! Az elsőt látva szinte úgy érezte, mintha ő lett volna a videón szereplő személy. A szíve hevesen vert, ahogy a pulzusa is. Nem tudta elhinni, hogy csak egy videó megtekintése ilyen reakciót vált ki belőle.

Valakinek panaszt kellene tennie emiatt, gondolta, aztán pedig azt, hogy nekem kellene panaszt tennem emiatt. De nem készült rá. Megnézett még egyet, és még egyet, és még egyet. Minden alkalommal úgy érezte, hogy ő maga az érdeklődő személy. Minden egyes alkalommal majdnem kiugrott a szíve a mellkasából.

Kikapcsolta a készüléket. Túl sok volt. Túlságosan, túlságosan sok!

Újra és újra lejátszotta a fejében a látottakat. Nem tudott szabadulni tőle. És minél többet gondolt rá, annál jobban megijedt.

Minél jobban megrémült, annál jobban fogyott a bátorsága, míg végül azon tűnődött, vajon végig tudja-e csinálni.

Minden a szemében volt. Az áldozatok pánikba esett szemei!

Végiggondolta az arckifejezésüket. Úgy döntött, hogy azért néznek így, mert ők, vele ellentétben, nem végeztek előtte semmilyen kutatást.

Úgy gondolta, hogy csak úgy elhatározták magukat, és belevágtak. Ezt a gondolatot nem tudta megérteni.

Túlságosan kockázatos volt, és mi van, ha meggondolják magukat?

Mi van, ha az utolsó pillanatban meggondolta magát?

Nem akarta, hogy ez történjen vele.

Ő biztosan más volt, mint ők.

Talán túl óvatos volt.

Talán túlságosan unalmas és túlságosan unalmas volt ahhoz, hogy képes legyen megváltoztatni az életét - hogy képes legyen átvenni az irányítást az élete felett. Mindez annak volt köszönhető, hogy olyan nagyon sokáig ki volt szolgáltatva a Vállalati taposómalomnak. Ő és a többi hörcsög. Ki-be, ki-be, ki-be, anélkül, hogy bármit is felmutathatott volna.

Utálta az életét. Igen, szerette Jayne-t, és szerette Buddy-t - de az élet több mint munka és ágy.

Igen, szeretkezni jó volt, és ölelkezni is jó volt. A barátok és a család és az egész érzelmi hókuszpókusz szép volt. De az életnek többet kellett nyújtania. Egyszerűen muszáj volt! És ő ki akarta nyújtani a kezét, és megragadni azt a gyűrűt, mielőtt túl késő lenne.

Mert tudta, hogy ha nem tesz valamit azért, hogy a létezése ezen a bolygón hamarosan jelentsen valamit - akkor akár itt sem lehetett volna.

Becsukta a laptopját, lehajtotta a fejét, és elaludt.

***

Álmában nem voltak lábai. Csak a feje és a törzse volt, az íróasztalnál ült, és gépelt. Külön szék sem volt neki. Az álomban ugyanolyan széken ült, mint mindig, görgőkkel a lábain. Amikor gépelt, a billentyűzeten mozgó ujjainak rezgésétől a törzse elmozdult és megingott. Mivel a széknek nem volt karfája, a törzse a gépelő kéz irányába dőlt. Furcsa volt, de nem félt attól, hogy oldalra esik. Félelmetlennek érezte magát, és furcsa módon ihletettnek.

Aztán egy dal kezdett el nagyon hangosan szólni, valahol a háttérben. Mozart vagy Beethoven volt az, vagy valamelyik klasszikus zeneszerző. Valami a fejében arra késztette, hogy a lábujjaival kopogtasson - de neki nem voltak lábujjai. Felébredt, és felsikoltott.

Jayne és Buddy odarohantak, és kivágták az ajtót. „Alma lenyomat van az arcodon" - mondta Jayne, miután rájött, hogy a fiú jól van.

„Bocsánat" - mondta.

„Mindjárt kész a vacsora" - tájékoztatta a lány.

„Oké", mondta a férfi.

A lány mozdulatot tett, hogy becsukja maga mögött az ajtót, de a férfi azt mondta, nem baj, ha nyitva hagyja. A nő kérdőn nézett rá, de nem mondott többet.

Miután csatlakozott hozzá a konyhában, a hűtőhöz ment egy sörért. Kellemes, de nem beszédes hangulatban vacsoráztak. Szerették egymást, de néha a szerelem nem volt elég.

Nem volt elég, amikor Jayne megtudta, hogy nem lehet olyan családja, amilyet szeretett volna. Tesztet teszt után tesztnek vetették alá, és úgy tűnt, minden rendben van. Aztán őt is tesztelték, és a reményeik és álmaik egyszerűen szertefoszlottak. Nem volt elég egészséges úszója. Ekkor minden reménye, hogy családja lesz, elhalt.

Eleinte kegyes volt hozzá. Majdnem olyan volt, mintha megkönnyebbült volna, mert a probléma az övé helyett az övé volt, ami rendben is volt - de ettől valahogy kisebbnek érezte magát. Soha nem beszélt vele erről. Vagy bárki mással, ami azt illeti.

A kezdeti sokk után más lehetőségeket is fontolóra vettek, mint az örökbefogadás, az IVF vagy a béranya. Egyik lehetőség sem tetszett neki. A szíve mélyén úgy érezte, Jayne jobbat érdemel nála. Valakire, aki mindent megadhat neki, amire csak vágyott.

Nagyjából ekkor történt, amikor ő és Jayne hazafelé tartottak valahonnan, és észrevettek egy állatmenhelyet. Hajléktalan kutyák és macskák. A pár korábban nem gondolt arra, hogy örökbe fogadjanak egy háziállatot.

„Megnézhetnénk őket" - javasolta Jayne.

„Azt hiszem, nem árthat" - egyezett bele.

A menhelyen belül az ugatás és a nyávogás erősen megütötte őket. Két kakadu is bekapcsolódott a csevegésbe.

Klausztrofóbiát érzett, és ki akart jutni.

Jayne beszélgetni kezdett az egyik kakaduval, és úgy tűnt, tetszett nekik a hangja. A nő reménykedő arckifejezéssel nézett rá.

„Nem értek egyet a madarak ketrecbe zárásával - mondta.

„Hmmm" - mondta, miközben a macskák felé indult. „Olyan sokan vannak" - jegyezte meg Jayne. „Nehéz lenne választani."

„Én inkább kutyát választanék" - mondta.

„Hmmm" - ismételte meg a lány.

Következésképpen a menhelyen való bolyongásuk elvezette őket Buddyhoz. A neve akkor még nem Buddy volt.

A menhely munkatársai Busternek nevezték el, és alig több mint egy hónapja volt a menhelyen. Egy nagy szőrgombóc volt, túl nagy lábakkal a testéhez képest. Ügyetlenül tapicskolt feléjük. Botladozva és összeütközve. Miközben a kutyasétáltató sikertelenül próbálta megfékezni. De mintha Busternek egyirányú lett volna az elméje.

Egyenesen feléjük tartott. A lábuk előtt terült el a földön. A kutya egyenesen a szemébe nézett, és nem volt kérdés, hogy Bustert aznap örökbe fogják fogadni.

„Megváltoztathatom a nevét Buddyra?" - kérdezte.

„Nem tudom - próbálja ki" - javasolta a kutyasétáltató.

„Gyere ide, Buddy" - mondta. „Gyere ide, fiam."

Buddy fülei hátraálltak, és a karjába ugrott. Azon a napon háromtagú családdá váltak, és attól a pillanattól kezdve Buddy körül forgott az életük.

A szeme még mindig könnybe lábadt, valahányszor eszébe jutott az a pillanat. Hiányozni fog neki Buddy, és hiányozni fog neki

Jayne, de majd túljutnak rajta. Idővel továbblépnének, és jobb lenne nekik.

Legalábbis ezt hajtogatta magának.

Este ugyanabban az időben feküdtek le. A nő könyvet olvasott, a férfi pedig próbált olvasni, de semmi sem tudta lekötni a figyelmét. Így hát csak gondolkodott és bámult, és gondolkodott és bámult. És amikor Jayne beszélt neki a könyvről, amit olvasott, bólogatott, de nem igazán figyelt. Jayne nem is igazán várta el tőle. Buddy az ágy végében volt, és jóval előttük horkolt.

Amikor a lány elaludt, a férfi felállt és lépkedett. Nem engedte, hogy Buddy vele sétáljon, mert a folyosón fel-alá tapicskoló mancsai felébresztették volna Jayne-t. Valamikor az éjszaka folyamán úgy döntött, hogy meggondolatlanul cselekszik. Azt mondta magának, hogy egyszerűen csak ki kell bírnia még egy hetet a munkahelyén, aztán majd minden megoldódik magától.

Az időt húzta, ezt tudta, de semmi sem változott.

Ez elkerülhetetlen volt.

***

Mégis eljött a hétfő reggel, és megszólalt az ébresztő.

Elsétált Buddyhoz, és evett egy kis vajas pirítóst. Ivott egy csésze kávét, és búcsúcsókot adott Jayne-nek, mielőtt az irodába hajtott. Húsz percig ült a dugóban a dugóban. Addig hallgatta a híreket és a fecsegést, amíg csendre vágyott. Mélyeket lélegzett, miközben az autók pillanatokonként előretoltak.

„Miért kell minden egyes nap a dugóban várakoznom, hogy eljussak egy olyan munkahelyre, amit utálok?" - kérdezte magától hangosan.

„Miért vagyok ilyen nyafogó?" - válaszolt egy újabb kérdéssel.

Mert tenned kell valamit, mondta egy hang a fejében. Meg kell indítanod a szívedet. Félelmetlennek kell lenned. Pisilned kell, vagy leszállni a fazékról!

Könnyebb mondani, mint megtenni, gondolta. Könnyebb mondani, mint megtenni.

Az irodában üdvözölte a recepcióst, aki azt mondta, hogy a főnök odabent várja.

„Megbeszélést beszéltünk meg?" - kérdezte, miközben a telefonján végigpörgette a menetrendet.

„Nem" - erősítette meg a nő.

Érezte, hogy izzadságcseppek képződnek a homlokán, ahogy belépett az irodájába. A főnöke felállt, és úgy üdvözölték egymást, majd kezet fogtak, mintha most találkoztak volna először.

Furcsa, gondolta, hiszen már hét éve dolgozom itt.

„Üljön le - mondta a főnöke. Közvetlen parancsnak hangzott, így hát megtette, még akkor is, ha a saját irodájában volt. A saját területén.

„Mit tehetek önért, uram?" - kérdezte.

„Tudomásomra jutott, hogy ön mostanában elég sok időt - nem, őszintén szólva, elég sok időt tölt a Google-on. Nem hozott új ügyfeleket. Őszintén szólva, mi, mint cég, aggódunk, mert nem állja meg a helyét. Húzza a terhet. "

Néhány másodpercig habozott. A szája kinyílt, de aztán becsukta, és nem szólt semmit.

„Mit tudsz mondani a magad nevében?" - kérdezte a főnöke - »Valami... ööö... magyarázatot?«.

„I-nem" - dadogta. „Én csak..."

„Bökd már ki, fiam" - mondta a főnök-ember. „Kell lennie valamilyen magyarázatnak!"

A fiú csak a fejét rázta.

„Talán családi gondjaid vannak?"

„Nem."

„Alkohol? Drogok? Haláleset a családban? Válás?"

Nemet rázott a fejét. Bárcsak igaz lenne!

„Ugyan már, ember - mondta a főnöke egyre elkeseredettebben. „Adj valamit, amivel dolgozhatok. Bármit!"

„Én... én elég nagy stressz alatt voltam. Nagy a nyomás."

„Igen, most már megvan, fiam. Tudom, hogy megleptelek azzal, hogy váratlanul bejöttem az irodádba, de most már kezdesz belejönni, fiam. Mesélj még! Miben segíthetünk neked? Mármint én és a partnerek."

„Nem igazán tudom" - mondta a fiú. „Azt hiszem, az lenne a legjobb, ha... kirúgnának."

„Na, na, ki beszélt itt arról, hogy kirúgom? Még nem jutottunk el odáig. Hét - számold meg - hét jó éved van itt az öved alatt. Nos, legyünk reálisak - valószínűleg inkább hat és fél -, de te a csapatunk értékes tagja vagy. Szeretnénk segíteni, ha hagyja. Miben segíthetünk, fiam?"

„Ha nem akarnak kirúgni, akkor fontolóra vennének egy kis szabadságot? Talán egy hónap szabadságot? Fizetés nélkül is jó lenne. Nem bánom. I-"

„Fizetés nélkül, azt mondja. Nos, nincs szükség arra, hogy fizetés nélkül menjen. Még ma összeállítom a papírokat. Úgy fogjuk hívni, hogy stressz szabadság. Egy hónap teljes fizetéssel. Fogja a feleségét és öhm, Buddy-t, és menjenek el egy szép nyaralásra valahová. Pihenjen." Felállt, áthajolt az íróasztalon, és újra kezet ráztak.

„Köszönöm, uram - mondta. „Köszönöm. Tényleg."

„Heather még ma átadja a papírokat, hogy aláírja. Ma dolgozzon, fejezze be, amit csak tud, a többit pedig bízza másra. Kiküldök egy céges emlékeztetőt, hogy egy hónap szabadságot kapsz - de természetesen nem mondjuk meg, hogy miért." Megérintette az orrát, mintha csak megerősítené a közös titkukat. „Ez kettőnk között marad."

Felállt, és az ajtóhoz kísérte a főnökét. A főnöke megveregette a hátát.

„Vigyázz magadra, és ne aggódj az itteni dolgok miatt. Majd mi tartjuk a frontot, amíg visszaérsz."

„Még egyszer köszönöm, uram" - mondta, és egy pillanatra még mosolyogni is sikerült.

Aztán leült a számítógépéhez, és ismét visszatért a kutatásához. A nap végén mindenki köréje gyűlt. Remélte, hogy nem vettek neki ajándékot vagy bármit. Nem is kaptak.

Jó volt a búcsú. Minden személyes holmiját bepakolta a táskájába, és nagyon megkönnyebbült, amikor visszaült a kocsijába.

Mint mindig, most is előbb ért haza, mint Jayne. Elvitte Buddyt egy gyors sétára a háztömb körül, majd visszatért a számítógépéhez. Megnézte a végrendeletét, és fontolóra vette, hogy néhány változtatást eszközöljön rajta.

Még mindig Jayne volt az egyetlen jótevő. Úgy döntött, hogy valamit az állatmenhelyre hagy, ahol Buddyra találtak. Jó összeg volt - a pénzből rengeteg kóbor háziállaton segíthettek volna, és ezzel az élete is jelentett volna valamit.

„Gyere ide, Bud - mondta. „Most Jayne-re kell vigyáznod, oké? Számítok rád."

Buddy felugrott, és a vállára tette a mancsát. Megölelték egymást. Buddy letörölt egy könnycseppet a szeméből.

Együtt mentek a konyhába. Megtöltötte Buddy etetőtálját, majd a csapból hideg vizet engedett, és megtöltötte a vizes tálkáját.

Buddy rögtön az ételhez indult, de a férfi elkapta egy újabb ölelésre. Visszaszorított egy zokogást, miközben bement a hálószobába, és elkezdett összepakolni egy éjszakai táskát. Csak az alapvető dolgokat dobta bele, az útlevelét az íróasztal tetején hagyta, majd leült, hogy írjon Jayne-nek egy üzenetet.

A következő állt rajta:

Kedves Jayne, mindennél jobban szeretlek, de azt hiszem, jobb lenne neked nélkülem. Kérlek, vigyázz Buddyra helyettem. Sajnálom, hogy így kell lennie, de megfogadtam, hogy boldoggá teszlek, és ez az egyetlen módja.

XOXO végtelen.

Szerető férjed.

Miközben a hercegnői országúton hajtott, azon gondolkodott, hogy mit bánt meg a legjobban. Nem követte az álmait. Nem hagyta, hogy Jayne az övéit kövesse. A kezdeti időkben még számolni kellett velük. De most... nos, a dolgok megváltoztak.

Jayne utazni akart, repülni, felszállni és közös kalandokat megélni, de a férfi mindig is visszariadt.

Sajnálta a félelmet. Utálta magát a félelem miatt.

Kevésbé érezte magát férfinak. És aztán, amikor nem volt elég úszógumija - nos, ez volt az a szalmaszál, ami megtörte a teve hátát.

Akkor kezdett el mindent megkérdőjelezni. Miért került a földre? Mi volt a célja?

Hogyan tudná megváltoztatni a dolgokat?

Visszaemlékezett erre a reggelre, amikor utoljára csókolta meg Jayne-t. Persze a lány nem tudott róla, de ő igen. Még ha nem is adtak volna neki egy hónap szabadságot, akkor sem ment volna vissza holnap semmiért. Nem, neki más tervei voltak. Más helyekre kellett mennie. Más dolgok.

Hosszú idő után egyszer végre volt célja.

Ekkor meg kellett állnia a kocsival, hogy félreálljon. Alig ért ki időben a járműből. A keze remegett, miközben hányt. Idegesség. Félelem. Düh. Megaláztatás. Mindez végigkavargott a szervezetében, és elbizonytalanította.

Ahogy visszamászott a Lexusba, a telefonja csörögni kezdett. Jayne volt az. Megnyomta a gombot, hogy abbahagyja a csörgést, és egyenesen a hangpostára küldte a hívást. Figyelte, ahogy pillanatokkal később a telefonban felcsendült egy üzenet. Megnyomta a gombot, hogy meghallgassa.

„Most értem haza, és megtaláltam az üzenetedet - nem értem. Buddy és én nem értjük." Végszóra Buddy ugatott. „Gyere haza, jó? Gyere haza, és megbeszéljük ezt. Beszéljük meg." A lány szipogott. „Ott vagy? Figyelsz rám? Figyelj!" Jayne hangja néhány másodpercre elcsendesedett. Az üzenet időzített. Újra visszahívta. „Tudom, hogy rohadtul figyelsz, te, te - én szeretlek téged. Válaszolj nekem!"

Letette, kikapcsolta a telefonját, és betette a kesztyűtartóba. Majd ott megtalálják - később.

Ahogy elhúzott a járdaszegélytől, csikorogni kezdtek a kocsija kerekei. Felpörgette a motort, padlóig nyomta a lábát, és elhajtott.

Az éjszaka nagy részét vezette. Kicsit paranoiás volt, hogy Jayne esetleg bevonja a rendőrséget, de nem történt semmi. Remélte, hogy Jayne nem lesz túlságosan mérges rá.

Nem volt visszaút.

Különben is, nem is akart.

Elvégre mindent elért, amit akart - mindent, amit csak tudott.

***

A hegy tetején állva a térdei ellenállhatatlanul remegtek. Lelökött néhány követ a peremről, és figyelte, ahogy azok lefelé zúgnak. Hallgatta, ahogy lefelé tartanak, csattogva és csattanva a köveken. Végül csak a leghalványabb csobbanást hallotta, aztán végre csend lett.

Félelmetes látvány volt - a Kék-hegység -, és most minden, amit olvasott róla, tökéletesen érthetővé vált. Amikor egészen idáig állt, úgy érezte, hogy kicsi és termetes, de mégis valami nála nagyobb dolog része. Egynek érezte magát az univerzummal, és valahogy nem félt.

Éppen ekkor egy csapat zajos kakadu adta tudtára a jelenlétét. Hangos, magas hangú rikoltozásuk miatt befogta a fülét.

Nem kell ezt tenned, mondta magának. Nem kell semmit sem bizonyítanod senkinek. Megfordulhatnál, és hazamehetnél Jayne-hez és Buddyhoz, és senki sem lenne okosabb. Jayne megértené, ha egyszerűen elmagyarázná, mi történt az irodában. Teljesen megértené és támogatna.

Még egy pillanatig elgondolkodott ezen, miközben a felhőket figyelte, ahogy az égen tolonganak.

Az igazság az volt, hogy nem tudott együtt élni magával. Az állandó félelemmel. Túl sok volt neki ahhoz, hogy félretegye, és hazamenjen, úgy téve, mintha meg sem történt volna. Ha most feladná, és visszatérne az élethez úgy, ahogy volt, akkor nem lenne képes tükörbe nézni. Nem lenne többé férfi, nem igazán. Egy senki lenne. Az élete nem jelentene semmit.

„Most vagy soha - mondta.

És amikor eljött a pillanat, nem gondolkodott tovább.

Életében először teljesen elkötelezte magát.

Közelebb lépett a peremhez, és egyszerűen hagyta, hogy a teste előrebukjon, a fejével kezdve. Könnyű volt, mert meredek volt a lejtő. Hamarosan a vállai, a törzse és a lábai tökéletes szinkronban vitorláztak lefelé.

Felkiáltott. Nem tudott mit tenni. Erősen összeszorította a szemét, és koncentrált, miközben a szél úgy dobálta és rázta, mint egy bábut.

Kényszerítette magát, hogy kinyissa a szemét, és olyan volt, mintha repülne.

Mintha súlytalannak érezte volna magát, és úgy tűnt, hogy pont erre született - hogy szárnyaljon. Nevetett, miközben úgy süllyedt a fenék felé, mint egy kő.

Néhány perc alatt vége volt az egésznek.

„Totál kurva!" - kiáltotta, miközben fejjel lefelé lógott egy bungee-zsinór végén.

„Már megint! Újra!" - kiáltotta, amikor visszacsévélték.

VISZLÁT

„Meséld el, mikor találkoztál először apuval” - kérdezte a hétéves lányom, bár már sokszor, sokszor hallotta ugyanazt a történetet.

„Biztos vagy benne, drágám?” Kérdeztem, jól tudva, mit fog válaszolni.

„Kérlek!” - mondta, és rám nézett azokkal a nagy kék szemekkel, amelyeket az apukájától örökölt.

„A hosszú vagy a rövidített változatot?” Érdeklődtem, miközben eltoltam egy hajszálat a szeméből.

„A hosszút!” - mondta, és úgy tapsolt, mintha soha nem aludna el.

„Pszt”, mondtam. „Hmm, most hol kezdődött ez az egész?”

„'Viszlát', mondta apa” - nyávogott a lányom.

„Így van, drágám” - válaszoltam, kihagyva azt a részt, amikor az apukája nekinyomott a kocsiajtónak.

Megragadtam a táskámat, átdugtam a karomat a szíjon, és a súlyomat az ajtónak vetve, mint egy linebacker, kinyomtam az ajtót. Először a jobb magas sarkú cipőmmel dekázva, nem tartott sokáig, mire rájöttem, hogy egy bokáig érő pocsolya mellett álltunk meg. Mielőtt az agyam ezt regisztrálhatta volna, hogy elkerüljem, hogy a bal lábam belelépjen, már bele is lépett. Mégis, kiszálltam, elmenekültem, nem számított, milyen kárt okozott ez a kedvenc cipőmben.

„Ó" - mondtam, most már teljesen kiszállva a járműből, háttal a sofőrnek.

„Akkor beleléptél egy pocsolyába!" - visított a lányom.

„Igen, és az apukád kuncogott, amikor a hátsó kerék egy kitérővel elhúzott, amitől a pocsolya tartalma rám fröccsent a többi részemre. Lesöpörtem magamról a piszkos, hideg, büdös vizet, lesöpörtem magamról, mielőtt a ruhámra telepedett volna. A másik kezemmel felemeltem a középső ujjamat az elhagyó jármű irányába:"

Megállítottam magam, mivel elfelejtettem kivágni ezt a részt.

„Miért tetted?" - kezdte a lányom.

„Mindegy" - folytattam -, épp időben, hogy megpillantsam a jármű mellett pattogó táskámat. Ack! Az a fekete kézitáska tíz évnyi boldogságot adott nekem, mert mindenhez és minden helyzethez passzolt. Kettős rendeltetésű, akár a vállam fölé, akár a vállam fölé és a mellkasomon átvetve is hordhattam. Voltak benne beépített rekeszek mindennek, beleértve a telefonomat is".

„Jaj, ne, a telefonod!" - kiáltott fel.

„Igen”, mondtam mosolyogva. „Hogy tudtam volna valaha is kihúzni magam a csávából? Ami még fontosabb, azon tűnődik, hogy egyáltalán hogyan jutottam idáig. És erre mindjárt rátérek, de előbb fel kell mérnem a helyzetemet. Számot vetni és átvenni az irányítást. Először is lecsöpögtetem a vizet a cipőmből, amikor leléptem az útról, a harmatos füvön keresztül a járdára. Visszavettem a cipőmet, és mivel vizes voltam, inkább a nedvességet választottam, mint az esetlegesen ott ólálkodó éjszakai csúszómászókat, és elindultam a legközelebbi utcai lámpához.

„Most pedig csípőre tett kézzel, Wonder Woman-pózban, nekiláttam, hogy tervet készítsek, hogyan szabaduljak ki a bajból, amibe belekerültem.”

„Szép környék volt” - mondta a lány.

„Ápolt pázsittal, és egy gaz vagy jármű sem volt a láthatáron - mind biztonságban elrejtőzött a dupla vagy tripla garázsában. Szép házak, kedves embereket tartalmaztak. Nem igaz? Így hát késlekedés nélkül elhatároztam, hogy kiválasztok egy házat, bekopogok a bejárati ajtón, és segítséget kérek. Kiválasztottam a hetes számú szerencseházat, és elindultam felé. Útközben”

„Sajnáltad magad, mami.”

„Persze, hogy sajnáltam. Nem érdemeltem meg, hogy ismeretlen terület közepén, késő este, csuromvizesen, büdösen és nincstelenül rekedjek. Ahogy közeledtem a kiválasztotthoz, a hetes számúhoz, egy zúgás töltötte be a levegőt, amit egy automata locsoló suhogása követett, amint az útját járja. Először nem futottam, már vizes voltam, de ahogy a vízsugár felém fordult, sikoltozva futásnak eredtem. Most már az arcom nedves volt a könnyeimtől, amiket nem sírtam, amikor átkeltem annak az otthonnak a gyepére, amelytől reméltem, hogy megment engem. A hetes számú."

„Soha ne beszélj idegenekkel, anyu - mondta a lányom.

„Így van, drágám, de bajban voltam, vizes voltam és a telefonom nélkül. Mindig nálad van a telefonod, és benne van apu, a nagyi és Lil néni telefonszáma."

„Én pedig tudom a te számodat, apuét és a nagymamáét a fejemben."

„Így van kicsim. Szóval, vissza a történethez. Még nem fáradtál el egy kicsit sem?"

„Nem, még mindig várom a legjobb részt!"

Folytattam: „Most, hogy itt voltam, kíváncsi voltam, mennyi az idő. És kíváncsi voltam, hogy van-e itthon valaki. És azon tűnődtem, hogy ha otthon vannak, segítenek-e nekem. Vizes voltam, mocskos, és nem volt nálam személyi igazolvány. Az önbizalmam percről percre fogyott, ahogy megfordultam, nekitámaszkodtam a csengőnek, amely tetőtől talpig visszhangzott a házban, miközben a fények villogtak és kialudtak. És futásnak eredtem. Vissza oda, ahol kitettek. Ismerős területre, mintha csak ismerős lenne. Elsétáltam egy sarki boltig, ahol lesz egy telefon, amit megengedik, hogy használjak, és segítséget hívhassak, és elküldhessem nekik a pénzt a hívásért. Igen, ezt szándékoztam tenni, amíg egy autó nem gurult el mellettem, és bent fel nem ismertem egy barátságos arcot. Tényleg és igazán megmenekültem!"

„Lil néni volt az!" - huhogott a lányom, és persze igaza volt.

***

„A kocsiban Lil mellett utazva eszembe jutott a Jasper Winters iránti viszonzatlan szerelmem. Messziről figyeltem őt, szőke hullámos haját, kék szemét, szeplőkkel tarkított orrát. Olyan édes volt, olyan figyelmes. Mindig egyik vagy másik lánnyal járt, és a barátaim azt mondták, hogy az iránta való megszállottságom egyre közelebb került a zaklatói stádiumhoz. Ezért is egyeztem bele, hogy ellenkezzek azzal, amit mindig is elutasítottam: randizni egy vadidegennel egy vakrandin. Igen, ugyanazzal a sráccal, aki most túszul ejtette a táskámat. A neve: Adam Trent."

„Az apukám!" - nyögte ki a lány. „Ez a legjobb rész."

Elmosolyodtam.

„Ez volt az első találkozásunk, még korábban, a mai nap folyamán, a bevásárlóközpont ételudvarában. A találkozó helyét megbeszéltük, és nyilvános helyen volt. Valahol, ahol úgy tudtunk beszélgetni, hogy sok mozgás volt körülöttünk. Ez a környezet levenné a nyomást. Kevésbé éreztetné a hiányt, amikor egyikünknek sem volt semmi látnivalója. Van egyáltalán olyan szó, hogy „béna"? Nem tudom, de a lényeget érted. Közös barátunk révén megegyeztünk, hogy ez egy lehetőség arra, hogy szemtől szembe megismerjük egymást. Ha volt kapcsolat, előre megegyeztünk, hogy a következő találkozót moziba vagy vacsorára szervezzük. Következő lépés csak akkor, ha mindketten éreztük a kapcsolatot. Egyébként mindketten egyetértettünk abban, hogy hasta la vista baby! Adios és jó utat! Bárcsak tudtam volna akkor, amit most tudok! Akkor nem lennék ebben a helyzetben. De ahogy a mondás tartja, utólag 20/20. Amikor először megpillantottam az étkezdével szemben, nem az a fajta fickó volt, aki kitűnik a tömegből. Azonnal tetszett benne, hogy beolvadt, mint én, és amikor kiejtettem a nevét, az Adam Trentet a nyelvemen, ahogy kimondtam, az illett hozzá, és azonnal megnyugodtam".

„Szerelem első látásra" - kiáltott fel a lányom.

„Az volt" - mondtam. „Miután bemutatkoztunk egymásnak, könyököltünk egymásnak, mivel mindketten a kötelező maszkot viseltük, megkérdezte, mit szeretnék inni, és elment a kávéért. Jól eltalálta a rendelésemet, tejszín és egy cukor, ami azt mutatta, hogy jó hallgatóság, reményteljesnek éreztem. Ahogy ültünk és kortyolgattuk a kávénkat, olyan ismerősen beszélgettünk, mintha nem is ismerősök lennénk, inkább barátok. Nevetett, nem túl hangosan. Utáltam az olyan embereket, akik nagyon hangosan nevettek, felhívva magukra a figyelmet. Adam nem volt ilyen. Figyelmes volt, kedves, megértő, és normális érzés volt vele beszélgetni. Vagy mondhatnám úgy is, hogy az új normálisnak, mivel szabadon beszélgettünk, miközben a védőmaszkjainkat viseltük. Mégis, nem hiszem, hogy tévedtem volna, ha azt gondolom, ha valaki megfigyel minket, egyértelművé válik számára, hogy jól érezzük magunkat egymás társaságában. A beszélgetésünkben elég könnyen haladtunk egyik dologról a másikra, és hamarosan elárulta, hogy ősszel egyetemre fog járni. Elég ügyetlenül közöltem vele, hogy én egy évet szüneteltetek. A konkrétumokat nem mondtam el neki, hogy pénzt kell keresnem, mielőtt visszatérhetek. Ez túl sok információ volt, és nem olyasmi, amit tudnia kellett volna rólam. Azt sem mondtam el neki, hogy ösztöndíjat nyertem, hogy klasszikus angol irodalmat tanulhassak."

„Remélem, hogy a huszadik századi irodalom lesz a szakom" - árulta el.

„Hűha!" „Klasszikus angol irodalomra szeretnék szakosodni!" - kiáltottam fel.

„Ezzel a nagy közös irodalomszeretettel könnyen kapcsolatba kerülhetnénk, nem igaz? Lenne egy híd az irodalom egyik földjéről a másikra. Ő felfedezné az én kedvenc szerzőimet, én pedig az övét, és boldogan élnénk, amíg meg nem halunk. Egy részem ezt gondolta. A másik felemmel azt hallgattam, ahogyan az istenhez hasonlóan kedvenc íróját - Kurt Vonnegutot - dicsőíti. Továbbra is dicsérte és magasztalta mindenben, amit minden idők legnagyobb regényének választott - az Ötös számú vágóhíd".

„Egészen addig, amíg túl messzire nem ment" - szidta a lányom.

„Igen, túl messzire ment. Sőt, olyan messzire ment, hogy nem volt más választásom, mint megvédeni az igazi mestereket, mint Shakespeare, Dickens és Twain, akiknek a művei kiállták az idők próbáját. Miután az arca visszanyerte a szokásos színét, néhány Vonnegut-izmust vágott bele a beszélgetésbe, például: „Csak a könyvekből tudjuk meg, mi történik valójában".

„Ez a könyvek csatája volt!" - mondta a lányom.

„Igen, és az első vitánk. Azt mondtam: „Beszéljünk a nyilvánvaló kijelentésről!", mielőtt visszatüzeltem Mark Twain: „Jobb, ha csukva tartod a szádat, és hagyod, hogy az emberek bolondnak tartsanak, mint ha kinyitod, és minden kétséget eloszlatsz". Valahol olvastam, hogy Twain volt Vonnegut egyik kedvenc írója. Ez volt az egyik jó dolog benne.

„Felállt, átnyúlt az asztal túloldalára, és hosszan és erősen megcsókolt, maszkról maszkra. Ott, az ételudvar közepén. Ezt válaszul tette, mert megragadtam a kezét, amikor azt mondta, hogy Vonnegut korunk Shakespeare-je. Olyan meggyőződéssel, szívből és lélekből mondta, hogy szinte elhitette velem, hogy igaz."

„Őket csókoltad meg! Fúj!" - mondta a lány, és eltakarta az arcát.

„A csók, bár hirtelen és váratlanul jött, forró volt, még akkor is, ha maszk volt köztünk. Nem vettük észre, hogy a többiek az ételudvarban bámulnak minket - túl sokáig hagytuk, hogy ez így menjen. Miután szétváltunk, újra letettük, és nevetésben törtünk ki. Azonnal elhatároztuk, hogy megnézünk egy filmet a plázában. Útban a moziba ez a kapcsolat megkopott. Ha ugyanazokat a filmeket szerettük volna, újraéleszthetnénk? Akkor nem lenne minden veszve? Beszélgettünk a filmekről, amelyeket szeretett, és megegyeztünk abban, hogy Tom Cruise legújabb filmje mindkettőnknek megfelelne - de már elkezdődött, így ez nem jött össze. Más filmben nem tudtunk megegyezni.

„Menjünk, együnk valamit" - javasolta.

„Akkor már majdnem tíz óra volt - én is éhes voltam. Csak kávét ittunk, de az már régen volt, és már jó ideje éreztük a pattogatott kukorica illatát."

„Nekem megfelel" - mondtam.

„A plázában vagy kint?" - kérdezte.

„Azt mondtam, hogy friss levegőt kéne szívnunk, ezért a plázából kimentünk a többszintes parkolóházba. Több mint harminc percig bolyongtunk, mire közölte velem, hogy nem emlékszik, hol parkolt.

„Aztán levetted a cipődet."

„Vonnegut azt mondta: „Azok vagyunk, aminek tettetjük magunkat, ezért vigyáznunk kell, hogy minek adjuk ki magunkat"." Szünetet tartott. „Uh, te nem vagy valami nőies, ugye?"

„Maga férfi?" Kérdeztem, Lady Macbeth-et idézve. Azonnal rosszul éreztem magam emiatt a bizonyos idézet miatt, és azonnal témát váltottam: „Mi van a kártyával? Tudod, ahol fizetsz? Nincs rajta, hogy melyik szinten parkoltál?"

„Tudom, hogy EZEN a szinten parkoltam" - mondta, és tovább nyomogatta a gombot a kulcstartóján, és úgy hallgatta a választ, mint egy madár, amelyik a párját hívja. Amikor az autó és a kulcstartó végre egymásra talált, már majdnem este 11 óra volt.

„Most már a járműben, miközben mindkét lábamon és fekete talpamon létrák futottak végig, vettem egy mély lélegzetet, és megpróbáltam megnyugodni. Az étel biztosan segítene a hangulatomon, és remélhetőleg az övén is. Még nem volt túl késő, hogy újrakezdjük. Egészen az irodalmi összecsapásig olyan jól kijöttünk egymással. Becsatoltam a biztonsági öveket, ő a padlóra nyomta a lábát, és elindultunk, megkerülve a parkolót, majd ki az utcára. Jó darabig kocsikáztunk, countryzenét hallgattunk. Ő együtt énekelt, én pedig visszaszorítottam a késztetést, hogy azt mondjam: „Jippie ki-jé!".

„Szóval, milyen ételeket szeretsz?" „ - kérdezte, miután meghallgattuk a rádióban a legújabb tacós étterem-ajánlatot."

„Már nem vagyok éhes" - válaszoltam, és azt hittem, hogy a javaslat időszerűségére való tekintettel egy taco-bárba akar elvinni. Utáltam a tacót. Egyáltalán, hogyan férne bele a nőies kritériumaiba, hogy tacót egyek, ahol mindenhova hús és cuccok hullanak? Nem akartam tudni. Leginkább dacból mondtam, hogy „Shakespeare az irodalom királya, Vonnegut pedig ehhez képest csak egy egyszerű bolond".

„Akkor apuci rálépett a fékre."

„Mi voltunk az egyetlen jármű kint a külvárosban - a semmi közepén, és ez a történet arról szól, hogy apukád és én hogyan találkoztunk először" - mondtam, felálltam, és betakartam a lányomat. Nyújtózkodott, ásított, és pillanatokkal később már mélyen aludt. Kifelé menet becsuktam az ajtót, és bementem a szobánkba.

CSAK 20

Amikor Gin néni meghalt, a családi buborékon kívül csak húsz vendéget kértek fel a temetésre. Ez a szám a világjárvány miatt volt korlátozott. Egész nap kötelező volt a társadalmi távolságtartás és a maszkok viselése. Ez magában foglalta a ravatalozóban tartott szertartást, a temetést és a lakomát.

Mivel Gin néni tudta, hogy élete végéhez közeledik, személyesen választotta ki a húsz vendéget, mielőtt elhagyta ezt az őrült világot.

A családi hagyományoknak megfelelően továbbra is nyitott koporsót akart. Egy új kéréssel. Azt akarta, hogy maszkot is viseljen. Gin néninek mindig is furcsa humorérzéke volt.

„Hogy a fenébe mondjak megfelelő gyászbeszédet? Olyat, amit a húgom megérdemel... ha én egy ilyen hülye maszkot viselek!" - kérdezte Gin öccse, Marvin.

Marvinnal szemben ült másod-unokatestvére, Frank. Gondolataiba mélyedve szívta a cigarettáját, mielőtt válaszolt volna.

„Lesz egy mikrofonjuk, és az is elég lesz."

Gin néni kedvenc unokahúga, Mary, aki a konyhában teát készített, felkiáltott.

„Állítható lesz, a mikrofon, mármint a magasságodhoz. Így biztos lehet a szád" - törölte kezét a kötényébe, és a kiabálásba belefáradva belépett a nappaliba. A mondat közepén megállt, most vette észre, hogy elfelejtette a teát, gyorsan visszahúzódott. Egy túlterhelt tálcával tért vissza, amely minden lépésnél zörgött.

Frank és Marvin még mindig tátott szájjal bámult felé, várva, hogy befejezze a mondatát.

„Pontosan előtte helyezkedik el - mondta, mintha nem telt volna el idő az első és az utolsó szava között. Most, hogy kimondta, rájött, hogy a tálca puszta súlyától remeg a karja. Lehajolt, és óvatosan leeresztette az üvegasztalra. „Köszönöm a... ööö... segítséget - tette hozzá szarkazmustól éles hangon, miközben leguggolt, hogy felkészüljön a töltéshez.

Marvin és Frank a kisujját sem mozdította. Ami normális volt tőlük. Egy nő női dolgokat tett, egy férfi pedig férfias dolgokat.

Megtöltötte az edényt, aztán kinyitotta az új csomag csokoládés kekszet, amit a társaság számára tartogatott. Ő és Gin néni mindig tartottak egy doboz kedvenc kekszet a szekrényben - de soha nem nyúltak hozzá. Mindketten tudták, hogy ha kinyitnák, mindkettő elfogyna - így csak akkor került elő, ha társaság jött.

A fiatal nő és Gin néni mindig is pajkos és összebeszéltek. Emlékezve arra, hogy a nénikéje ragaszkodott a tálaláshoz, szétterítette a kekszeket a tányéron. Azon tűnődött, vajon Gin néni figyeli-e a magasból. Sóhajtott, még most is úgy érezte, mintha egy része hiányozna.

Marvin nem volt teljesen elfoglalva. Ehelyett az ablakon bámult kifelé, és azon elmélkedett, hogy maszkot kell viselnie. Frank egy új cigarettát szívott, amit rögtön azután gyújtott meg, hogy a másik leégett.

Marvin, aki végre felfigyelt unokahúga remekművére, megkérdezte: „Mi a fenét csinálsz odalent?".

„Hát, a teát és a kekszet készítem" - mondta Mary, megkeverte a kannát, majd lecsukta a fedelet, és egy suhintással siettette a dolgot.

„Akkor fogj egy széket, vagy valamit. Ne guggolj ott, mint egy..."

„Guggoló" - mondta Frank, és nevetett a viccén, mivel senki más nem nevetett.

„Nem baj, már kész is van" - mondta Mary. Megtöltötte az üres csészéket az aranyszínű, gőzölgő folyadékkal. Aztán hozzáadta a fröccsöntött tejet és az általában kért mennyiségű cukrot. Ő maga nem vett be cukrot. „Kérsz egy csokoládés kekszet? Gin néni kedvencei voltak."

„Átkozottul kár lenne elrontani a kavargó dizájnodat" - mondta Marvin, és pontosan ezt tette.

„Nekem nem" - mondta Frank. „A keksz és a cigaretta nem fér össze."

Mary először Marvinnak szolgálta fel a teáját, mivel ő volt a legidősebb. Aztán Frank csészéjét egy alátétre helyezte a széke mellé, mivel az egyébként foglalt volt. Vagyis újabb cigarettára gyújtott. Megrázta magát, amikor a régi csikkjét Gin néni finom porcelán csészealjára tette.

„Köszönöm - huhogták mindketten.

Mary újra megigazította a kekszmintát, felfelé pillantott. Aztán óvatosan kivett egyet-egyet mindkét végéből, és átment a szobán, igyekezett nem kiönteni a túltöltött teáscsészét, miközben a kétszemélyes kanapé felé tartott. Most, hogy Gin néni nem ült mellette, kerülte, hogy oda üljön. Egy része úgy érezte, mintha Gin nélkül megbillent volna az univerzum egyensúlya.

Mielőtt Gin néni napjai meg voltak számlálva, ő és Mary a legtöbb este tálcán vacsoráztak a tévé előtt a kétüléses kanapén ülve, és a Coronation Streetet nézték. Mary azóta is rögzítette a műsort, és várta, hogy Gin szelleme eljusson oda, ahová tart, hogy együtt nézhessék a műsort, ahogy mindig is tették.

Ez még azelőtt volt, hogy Marvin bácsi és Frank unokatestvér beköltözött volna. Mielőtt a járvány miatt a távoli rokonoknak máshol kellett lakniuk. Most kialakították a saját szociális buborékukat, vagyis nem kellett maszkot viselniük egymás közelében. De néhány óra múlva, a temetési szertartáson fel kellett venniük a rettegett maszkokat - senki sem akart sem a fertőző, sem a fertőzött lenni.

„Azt szeretném tudni, hogy Gin miért fog maszkot viselni. Ez az első - mondta Marvin. „Másodszor, hogy miért hívta meg azokat a rokonokat, akiket meghívott. Miért, némelyikük már több mint húsz éve nem tartotta vele, vagy bármelyikünkkel a kapcsolatot. Isten tudja, Gin megpróbálta összetartani a családot, olyan időkben, amikor az összetartásnak magától értetődőnek kellett volna lennie."

„A maszkok mindenkinek kötelezőek, és Gin mindenkit be akart vonni. És igen, Gin néni mindig a legjobbat gondolta mindenkiről" - mondta Mary.

„Még akkor is, amikor nem volt indokolt" - mondta Frank, rágyújtott egy újabb cigarettára, majd hozzátette: »Ez a csészealj kezd eléggé tele lenni«.

Mary letette a csésze teát az asztalra, felkapta a csészealjat, és a konyhában lévő kukába dobta. A szekrény mélyén talált egy csorba csészealjat - Gin néni nem engedte a dohányzást a házban, így nem voltak hamutartók -, és az asztalra tette Frank teáscsészéje és csészealja mellé. A férfi bólintott.

„Szeretne valamelyikőtök újratölteni, ha már fenn vagyok?" - kérdezte.

Marvin is odatartotta az üres csészéjét. „És még egy keksz is jól esne."

Mary felkapott két kekszet, egyet-egyet a dizájn mindkét végéből, és egy teáskanállal a csészealjra helyezte, mielőtt beleöntötte a teát, a cukrot és a tejet. „Köszönöm - mondta Marvin, és ráfújt a teára, mielőtt belekortyolt.

Frank egy kézmozdulattal visszautasította a további teát. „Egyikünk sem azért vette fel a kapcsolatot azokkal a holtakkal, mert ki nem állhattuk őket. Gin sem - legalábbis én azt hittem."

Marvin belemártott egy kekszet a teába, ami szétmorzsolódott és összetört. A teáskanalat használta, hogy visszaszerezze, és beszívta az átázott kekszet, mielőtt az semmivé foszlott volna.

„Ezeket a kekszeket nem ajánlott mártogatni" - mondta Mary mosolyogva.

„Most ő mondja meg" - mondta Marvin.

„Szeretnéd, hogy hozzak neked egy másik csészét és csészealjat?"

„Nem, maradj, ahol vagy. Úgy szaladgálsz körbe-körbe, mintha te lennél a felbérelt személyzetünk. Megoldom, de köszönöm, hogy megkérdezted."

Mary elmosolyodott, és beleharapott a kekszébe. Kóstolgatta, ahogy a csokoládé elolvadt a nyelvén.

A trió csendben ült, a teáscsészéjükkel, a kekszükkel és a cigarettájukkal babráltak, amíg Mary meg nem törte a csendet.

„Gin néni bűntudatot érzett, amiért elvesztette a kapcsolatot az emberekkel. Súlyosan nyomta a szívét, és bár a húsz vendég - még ha fel is vette velük a kapcsolatot - nem válaszolt a hívásaira vagy a leveleire, soha nem írta le őket. Sőt, minden este elalvás előtt imádkozott értük."

A bátyja el volt ragadtatva és összezavarodva. „Gin, imádkozott Dave nagybácsiért, aki gyakorlatilag megölte őt, amikor gyerekként náluk lakott a nyári szünetben? Ez hatalmas dolog, amit meg kellett bocsátania. Gondolom, öregkorára elpuhult."

Mary csípőre tett kézzel állt: „Gin néni sok minden volt, de egy dolog nem volt puhány. Szétrúgta volna a seggüket, ha bejelentés nélkül jelentek volna meg az ajtóban, mielőtt megbetegedett - tudod, utálta, ha meghívó nélkül jelentek meg az emberek -, de ő meg akarta békíteni a dolgokat, megbocsátani és elfelejteni." A szavai megakadtak a torkán, ahogy az utolsó keksz is, amit az imént lenyelt.

Frank felállt, átment a szobán, és keményen hátba vágta. Kirepült egy félig megevett süti a szobán keresztül, és egy fröccsenéssel Marvin teáscsészéjében landolt.

„Hát nem tudod, hogy meg kell rágni, mielőtt lenyeled?" Mondta Marvin, és undorodva visszatette a teáját a tálcára.

„Nagyon sajnálom" - mondta Mary, összeszedve mindent, és kivitte a konyhába.

***

Mary kiöblítette a csészéket, és mindent betett a mosogatógépbe, majd felment az emeletre, hogy használja a mosdót és rendbe szedje az arcát. Sírt, és nem akarta, hogy bárki is megtudja. A lépcsőn lefelé menet felemelt hangokat hallott. Gyorsan lefelé indult.

„Jobban szerettem a húgomat, mint bárki mást a világon!" Mondta Marvin. „De nem értem, miért lenne probléma, hogy ő kért meg a gyászbeszédre!"

„Ugyan, ugyan" - mondta Mary.

„Én csak jobb lettem volna benne" - mondta Frank. „Engem már megkértek korábban, és kevésbé lennék érzelmes, kevésbé ítélkezném."

„Miért pont te!" Marvin azt mondta, a levegőbe emelte zárt öklét, és úgy hadonászott vele, mintha egy régi idők bokszolóját utánozná.

Frank átment a szobán, szintén felemelt öklökkel. Olyan volt, mint az Ali vs. Foreman idősödő kaukázusi változata.

Ők ketten szemtől szembe álltak, amíg Mary el nem kezdte jajgatni Gin néni kedvenc dallamát: „Csitt kicsi baba, ne mondj egy világot se, papa vesz neked egy gúnyát".

Marvin szeme megtelt könnyel, és leengedte az öklét, majd leereszkedett egy székre.

Frank dermedten állt, és a dal hátralévő részének szövegét szájával szajkózta, miközben Mary dúdolta. Amikor befejezte az éneklést, átsétált a szobán, ahol Gin néni egy keretben lévő fotója mosolygott rá. Ő is könnyekben tört ki.

„Na, most már jó - mondta Mary. „Mindjárt itt az idő, és mi itt vitatkozunk".

„Igaza van" - mondta Frank. „Különben is, egységes frontra lesz szükségünk, amikor azok a semmirekellő ölyvek felbukkannak."

„Már ha nem fertőznek meg minket - egy járvány kellős közepén vagyunk, nem tudják?"

„Az élelmezésvezetők ezt figyelembe fogják venni. Amíg mi a ravatalozóban és a temetőben vagyunk, addig itt mindent úgy rendeznek be, hogy megfeleljen a társadalmi távolságtartási irányelveknek, hogy mindenki biztonságban legyen."

„De ezeknek a tudatlanoknak még mindig le kell majd venniük a maszkjukat, hogy bekapják az ételt, és lehúzzák az italt - és az utóbbiból bőven szükségünk lesz."

„Szégyenszemre" - felelte Mary. „Ezt mind Gin néni intézte és fizette." Undorodva, és miután elege lett belőlük, visszavonult a szobájába, hogy felöltözzön az általa választott fekete ruhába. A férfiak már fekete öltönyben voltak, és készen álltak az indulásra.

„Gondolom, műanyag késeket, villákat és papírtányérokat fognak használni - mondta Frank. „És az egész házban és a kertben lesznek kézfertőtlenítő flakonok. A rokonainknak be kell majd jönniük, hogy használhassák a létesítményeket, de az eljárás nagy része kint lesz a kertben."

„Kár, hogy Gin megszabadult a kinti létesítményektől" - mondta Marvin.

Mary az emeletről szólt le: „Elfelejtettem mondani, hogy jeleket fognak festeni a fűre és/vagy táblákat fognak kihelyezni, hogy az embereknek hol kell állniuk. Ami pedig a létesítményeket illeti, nos, béreltünk egy olyan hordozható vécét. Mivel csak húszan vannak, és mi hárman, bőven lesz hely mindenkinek, és a sorban állás sem lesz olyan hosszú."

„Ezt tényleg jól átgondoltad!" Kiáltott fel Marvin. „Mi hárman visszalopakodhatunk, és használhatjuk a q.t. fedett mosdóit."

Mary megjelent a lépcső tetején, indulásra készen. „Köszönöm. Rengeteg időm volt gondolkodni, és azt akartam, hogy Gin néni számára minden pontosan úgy legyen, ahogy kell. Mindent megbeszéltünk vele, a legapróbb részletekig. Le akarta venni rólam a terhet, hogy mindent egyedül próbáljak megtenni, miközben én gyászolom a veszteségét."

Marvin megsimogatta az állán lévő szőrszálakat. „Ha nem lett volna ez az átkozott járvány, többet akart volna. Egy rendes pajtaégetést - vagy virrasztást - kért volna, hogy megünnepeljük az életét. Ezt érdemelte volna meg!"

Frank azt mondta: „Ezt meg is fogja kapni - és mi megadjuk neki a legjobbat, amit valaha is kapott -, miután vége lesz ennek a járványnak. Meghívjuk a többi rokont - akiket szeretünk -, és talán még néhány helyi hírességet is. Mindenki szerette a Gint. Úgy küldjük el, ahogy megérdemli! De egyelőre a legjobbat kell kihoznunk a helyzetből."

Mary átsétált a szobán, fontolóra vette, hogy leül - de a ruhája gyűrötté válna, ezért visszament a konyhába, hogy papírszalvétákat hajtogasson. Felajánlotta, hogy annyit csinál, amennyit csak tud, mielőtt a vendéglátósok megérkeznek, mert tudta, hogy valamivel le kell foglalnia magát. Átgondolta mindazt, amit Gin néni kért, hogy aznap történjen. Azt akarta, hogy Marvin mondjon köszöntőt, miután mindenki részt vett egy kis ételben. Még azt is megírta, milyen ételeket szeretne felszolgálni, és kiválasztotta a vendéglátóst, aki elkészíti őket. Igen, Gin néni mindenre gondolt. A nappaliból felhangzó hangok visszahúzták oda.

„Gin néni azt mondta, hogy én kapom az üzlet oroszlánrészét, ezért tett meg engem a végrendelete végrehajtójának - mondta Marvin.

„Azt mondta, hogy megtarthatom a házat" - mondta Mary. „Ez az én otthonom is - életem nagy részében itt éltem Gin nénivel."

„Ezt senki sem vitatja" - mondta Frank. „Mindent feladtál, hogy itt lehess és segíts Ginnek, amikor senki más nem volt képes rá. Miért, megnősülhettél volna, lehetett volna néhány gyereked... de te a családot választottad magad helyett. Ez a legkevesebb, amit megtehetett, hogy rád hagyta a házat."

Marvin bólintott. Most az egyszer valamiben egyetértettek.

„Megmondtam Ginnek, hogy nem akarok és nem is kell tőle semmi - mondta Frank.

„Akkor reméljük, hogy nem vett tudomást rólad" - mondta nevetve Marvin, és látta, hogy végre jó hangulatban vannak,

Mary visszatért a konyhába, hogy befejezze a hajtogatást, mielőtt el kellett indulniuk a ravatalozóba.

Bár a szalvéták papírból készültek, mégis finomak és puhák voltak. Az égszínkék, a bal sarkában rózsaszín vonallal, Gin néni választása is erre esett. Ahogy Mary folytatta a hajtogatást, az automatikussá vált, úgyhogy kinézett a kertre, és hagyta, hogy az ujjai végezzék a munkát.

A tekintete az óriási tölgyfa alatti, frissen ültetett virágok felé vándorolt. A babarózsák és a rózsák most fejezték be a virágzást, de a színeik még mindig élénkek voltak, és úgy mozogtak, mint régi barátok, akik táncra perdültek, amikor a szél elsodorta őket.

Ahogy összehajtogatta az utolsó szalvétát, a jobb keze végigsimított a hasán. Néha-néha megtette ezt, bár már évek óta nem volt terhes. A vágyakozás sosem múlt el. Gin néni soha nem mondta el senkinek. Mary sem - még az apjának sem.

És ott, azok alatt a virágok alatt, annak a hatalmas tölgynek az árnyékában volt eltemetve a gyermeke örök nyughelye. A kislánya nem élt tovább néhány percnél ezen a világon.

Hamarosan eljönnek a rokonok, és mindannyian összegyűlnek majd abban az otthonban, amely most már az övé volt - és megünneplik Gin néni életét.

Aztán Mary a többiekhez hasonlóan felvenné a maszkját, és elszigetelné magát arra a helyre a fa alá, ahol soha nem érezné magát egyedül. Oda, ahol tudta, hogy Gin néni ott áll majd mellette, és a karjában tartja Mary kislányát.

A trió, Gin néni, Mary és a baba néma tanúi lennének, miközben a család többi tagja széttépné egymást.

PANDEMIC BOY

„NÉZZÉTEK, MÁR MEGINT ITT jön - kiáltotta a magas, sudár, tízéves, szőke hajú fiú.

A barátja nem volt olyan magas, sem vaskos, sem szőke - ő egy vörös hajú volt, aki nevetett, mielőtt beleszólt volna. „Hol a köpenyed, kölyök? Hát nem tudod, hogy MINDEN szuperhősnek van köpenye?"

A kölyök, akit Pandemic Boy-nak becéztek, fiatalabb volt, mint a másik kettő, de a maszkja mögött rettenthetetlen volt.

„Pókember nem" - válaszolta vigyorogva.

Bár fiatalabb volt, és kisebb termetű és kisebb volt, nem centikben, hanem lábakban, csípőre tett kézzel - inkább Supermanre hasonlított - megkérdezte: „És hol vannak a ti maszkotok?".

Az úgynevezett Pandemic Boy-nak nem ez volt az első összecsapása a pandémiás időkben. A múltban a Superman-féle keresztbe tett fegyveres tartást használta, hogy átvegye az irányítást a helyzet felett. Úgy tűnt, jól működik a gyerekeknél és a felnőtteknél egyaránt. Az is segített, hogy tudta, a törvény az ő oldalán áll.

„Nem vagyunk követők - mondta a szőke fiú, bal kezével védte a szemét a naptól, majd hátat fordított a kölyöknek, hogy ő és a barátja most egymással szemben álljanak. Elmormolta a szavakat: „Vegyük le a maszkját".

A vörös hajú fiú ezt megfontolta, és a tornacipője lábujját a földbe nyomta, arra gondolva, hogy már így is kettő az egyhez túlerőben vannak a Pandemic Boyhoz képest. Ráadásul még csak egy kisgyerek volt - bár nagy szája volt, és valahogy kikövetelte magának. De nem volt zsarnok, és nem is akart az lenni. Koncentrált, kört rajzolt az előtte lévő földbe, aztán megtapogatta a farmerja zsebét. „Az enyém itt van."

„Bizonyítsd be!" - követelte Pandemic Boy.

A szőke kölyök a válla fölött a kisebbik fiúra pillantott, és gyorsan megfordult. Ökölbe szorított kézzel haladt a kisebbik fiú felé. Ujjával az álarcos kölyök arcára koppintott, és azt mondta: „Kinek-képzeled magad, hogy te vagy az?". Minden egyes szó megalapozta a maga kopogtatását a Pandemic Boy maszkos állán, és a magasság- és tömegkülönbség miatt a fiatalabb fiúnak határozottan a helyére kellett tennie a lábát.

A vörös hajú fiú, azt mondta: „Felveszem a maszkomat".

Az úgynevezett Pandémiás Fiú nem szólalt meg, csak helyeslően bólintott, miközben barátja, a szőke fiú a válla fölött átpillantva gonosz szemmel nézett rá.

Mindhárman állták a sarat.

***

Néha megáll az idő. Mintha minden madár elfelejtett volna repülni, és minden óra elfelejtett volna ketyegni. Ez nem egy ilyen nap volt, és ahogy haladt előre az idő, egyre több gyerek jött elő onnan, ahol eddig volt, hogy megnézze, mi történik. Köréjük gyűltek, beszélgettek, suttogtak, próbálták összerakni, mi történhetett, ami miatt a három fiú ilyen sokáig állt.

„Kinéztem a hálószobám ablakán - mondta az egyik fiú -, és láttam, hogy a kis maszkos gyereket a szőke gyerek fenyegeti, aki sokkal magasabb és idősebb volt. Aztán láttam, hogy ketten vannak, és ki kellett jönnöm, főleg, amikor a nagy gyerek odalépett, és mellkason bökte a kisgyereket" - mondta, és a saját maszkjához nyúlt, mint egy felnőtt a szakállához.

„Odarohantam - mondta egy kislány -, és láttam az egészet. A maszkos fiú kikérte magának - közeledett a két nagyobb, idősebb fiú felé. Csodálkozom, hogy azok ketten nem verték meg". Aztán megszólította az úgynevezett Pandemic Boy-t: „Hé kölyök, miért nem futsz el, amíg lehet? Mielőtt az a két idősebb fiú kiveri belőled a szart is?"

A hármas a tömeg közepén mozdulatlanul állt, mint a szobrok. Hallgatták a többi gyerek megjegyzéseit, akik tömeggé formálódtak, ők pedig nem. Ekkor még senki sem tudta biztosan.

Az idő haladt, és a maszkot viselő gyerekek az úgynevezett Pandemic Boy, a maszkot nem viselő gyerekek pedig a másik kettő pártjára álltak. A gyerekek tömege eltolódott, kettévált, így két külön oldalt alkottak. Mindenki készen állt a cselekvésre - mármint ha és amikor kitör a verekedés.

Órák teltek el, és senki sem mozdult. Még akkor sem, amikor az anyák és apák elkezdték hazahívni a gyerekeiket vacsorára. Akkor sem, amikor a szülők, nagyszülők és testvérek elkezdték ágyba hívni a gyerekeket. Még akkor sem, amikor a napot felváltotta a hold és a csillagok.

***

Végül a Pandemic Boy azt mondta: „Én most hazamegyek." És a nagyobbik szőke fiúnak, aki még mindig az arcában volt, azt mondta: „Ha legközelebb találkozunk, mindenképpen hozd magaddal a maszkodat, jó? Ez egy világjárvány, ember, és..."

„Oké, oké" - mondta a nagyobbik fiú, és hátralépett. „És ha legközelebb találkozunk, győződj meg róla, hogy köpenyt viselsz." Elvigyorodott.

„Valami színbeli preferencia?" - kérdezte mosolyogva a kisebbik fiú.

A barátja, a vörös hajú fiú, aki most már maszkot viselt, azt mondta: „Attól függ, hogy Batman-, vagy Robin-, vagy Superman-rajongó vagy. Én? Én feketét viselnék."

„Én is" - mondta a fiatalabbik fiú.

Mindannyian hazamentek.

CÉG

„Várj egy percet - mondta, mielőtt kinyitotta volna a bejárati ajtót.

Már majdnem harminc napja bent volt - karanténban. Már a puszta kilépést is kockázatosnak érezte, még akkor is, ha csak azért volt karanténban, hogy megvédje azokat, akiket szeretett - és másokat, akiket nem is ismert. Megigazította a maszkját, vett egy mély lélegzetet, és kinyitotta az ajtót.

Üdvözlőbizottság várta, és úgy érezte magát, mint Erzsébet királynő, amikor kilépett a Buckingham-palota erkélyére. Bár az ő kicsi, de kényelmes, két hálószobás otthona nem rendelkezett a paloták csillogásával és pompájával. Egy-két másodpercig elgondolkodott azon, hogy királyi integetést adjon nekik, de végül meggondolta magát, amikor tapsolni kezdtek.

Zavartan, bár arcának nagy részét maszk takarta, felnézett arra, ahol a nap magasan állt az égen, és érezte sugarainak melegét. Jó érzés volt új, friss levegőt lélegezni - még ha a maszk vissza is tartotta attól, hogy mélyen belélegezzen. John Denver egyik dala kezdett el szólni a fejében. Dúdolta közömbösen.

A tapsnak vége lett, anélkül, hogy észrevette volna. és ő ott állt, mint egy disznó a karámban, miközben mindenki arra várt, hogy mondjon vagy tegyen valamit. Rengeteg könnyes szem, mindannyian a saját maszkjukon keresztül néztek rá. Nem volt két egyforma maszk. A lány végigpásztázta a vendégeket, és megcélozta azokat a szemeket, amelyek tulajdonosát felismerni vélte. Gondolatban eljátszotta a Ki kicsoda melyik maszk alatt játékot.

Egyvalaki volt a tömegben, akiről méretéből és termetéből adódóan nem volt kétséges, hogy kicsoda. Az unokája, Emily volt az. Azok a zöld szemek, amelyek ugyanolyanok voltak, mint az övéi, kitűntek, ahogy visszanéztek rá a lila maszk felett. Emily kedvenc színe gyakran változott, de örömmel látta, hogy az elmúlt harminc napban nem változott. Viszont magasabb lett. Emily intett, és azt mondta: „Szia, nagymama".

„Szervusz, drága Emilym" - mondta a nő, és mosolygott a maszk alatt az ajkával, a maszk fölött pedig a szemével.

A nő tétovázott, aztán balról jobbra végigpásztázta a közönséget, és bólintott, ahogy mindegyiket elismerte.

Először Brandon volt ott. Nagy hokiszurkoló volt, és a maszkján egy Toronto Maple Leaf volt látható. „Hajrá Maple Leaf's!" - mondta. A nő felfelé emelte a hüvelykujját. Legalább valaki még reménykedett abban, hogy újra megnyerik a Stanley Kupát.

Brandon mellett ott állt a felesége, Emily édesanyja. Az ő maszkján egy I heart Jamie Oliver üzenet volt. Elmosolyodott ezen, és azon gondolkodott, hogy az Oliver iránti érdeklődése talán segíthet neki abban, hogy egyszer tisztességes marhasültet főzzön. Elkapta magát ezen a szuka gondolaton, és szégyenkezve lépett tovább.

A következő Bob Moody úr volt. A szomszédja volt, egy mogorva vén szivar, akiről fogalma sem volt, miért érezte szükségét, hogy építőmunkás-maszkban csatlakozzon hozzá. A férfi integetett, olyan ismerősséggel, amit furcsának tartott, ő azonban udvariasságból visszaintett.

Most már unta, hogy kitalálja, ki kicsoda, a többiek pedig elmosódtak, miközben arra várt, hogy valaki tegyen valamit, vagy tudassa vele, mit várnak tőle. Beszédet kellene mondania? Nem, az ostobaság lenne. Ez csak egy harmincnapos karantén volt. Nem ölelhette meg őket. Vagy közelebb kerülni hozzájuk, mint amennyire már most is közel volt.

Az a rettentő érzése támadt, hogy valaki azt akarja, hogy beszédet tartson, és azon tűnődött, hogyan is kellene beszédet mondania, olyat, amit a vastag pamutmaszk alatt is meghallanak és megértenek. Aztán a tévében szereplő politikusokra gondolt, például a miniszterelnökre. Amikor beszélnie kellett, mindig levette a maszkot, elmondta a mondandóját, majd visszatette. Ha ez elég jó volt a miniszterelnöknek, akkor neki is elég jó volt. Kivette a jobb fülét a hurokból, majd áttért a másik oldalra.

A vendégek ziháltak, majd távolabb húzódtak. Mindenki, kivéve a kis unokáját.

„Nagymama szeret téged - mondta a nő, és puszit fújt a kis Emily irányába.

„Én is szeretlek - válaszolta Emily, miközben az immár mellette álló szülei hátrébb húzódtak.

Most már elégedetten, hogy érezte a napot, hogy kint volt, hogy látta azokat, akiket szeretett, és beszélt a kis Emilyvel, meghajolt, hátralépett, és becsukta maga mögött az ajtót.

A telefon azonnal csörögni és csörögni kezdett. Nem vette fel.

A HÁZ

A szoba csupasz volt, kivéve a kandallót szegélyező üres beépített könyvespolcokat.

Az üres könyvespolcok mindig melankóliát keltettek bennem. Mintha az előző tulajdonos magával vitte volna az összes barátját és emlékét, de elfelejtette volna a szerkezeteket, amelyek tartották és bemutatták őket, amíg a házban voltak. Következésképpen, amikor bármilyen okból elmentem egy házból, mindig hátrahagytam az egyik könyvemet (egy kedvenc könyvből kettőt is vettem), így reméltem, hogy bárki is legyen az új tulajdonos, ugyanúgy élvezni fogja, mint én. Számomra ez olyan volt, mintha egy új barátot mutattam volna be nekik. Ha ettől túl szentimentálisnak tűnök, nem bánom, mert a kedves férjem mindig ezt mondta rólam.

Ahogy átmentem a szobán, és megigazítottam a maszkomat, észrevettem valamit, ami a falnak támasztva olyan vékony volt, mint egy ostya. Egy kis szőnyeg volt.

„Az meg mi a fenének van ott?" Kérdeztem. Bár kopottas és kicsi volt, mégis jobb lett volna, ha a kandalló előtt van. Ott legalább lett volna valami célja a szánalmas valaminek. Gyakran csinálom ezt, hogy élettelen tárgyaknak érzelmeket adok. Az irodalmi világban ezt megszemélyesítésnek hívják. Olyan gyakran használom ezt az eszközt, hogy a férjem Maggie-ifikációnak hívja.

August a férjem neve. És igen, ő augusztusban született, Oroszlán, míg én Bak vagyok.

Ahogy feljött mellém, megborzongtam. Mindig éreztem a hideget.

A maszkján keresztül szólt: - Hú, de meleg van itt, szerelmem. Miért reszketsz?" Kigombolta vastag, gyapjas kardigánját, amit a fiunktól, Andrew-tól kapott ajándékba, és levette. A vállamra terítette, majd átvonult a szobán.

Belekuporodtam, és azt mondtam: „Köszönöm", miközben követtem őt.

Az ügynök, aki a család régi barátja volt, maszkot viselt, amely azt az ingatlancéget tükrözte, amelynek dolgozott. A másik szobában hallhatóan körbejárta a házat, míg mi magunkban megéreztük a helyet.

Nem sokkal ezután belépett a szobába a földön kiszúrt tárgyhoz legközelebbi ajtónyíláson. Előtte találkoztunk, mintha meghallotta volna a kérdésemet.

Judy Marsh, az ügynökünk neve, és több mint huszonöt éve, úgy tűnt, nem találja a szavakat, ami nagyon nem vallott rá. Őt és az összes többi ingatlanügynököt a világon.

„Hát nem csodálatos a kandalló!" - kiáltott fel.

Én a melegség felé fordultam, míg August, aki gyakran vádolt azzal, hogy többek között túl sok Agatha Christie-regényt olvasok, most unottan, és tovább akart lépni, közelebb húzódott az ajtóhoz.

Judy azt mondta: - Hallottam a kérdést, amit pár perce feltettél. Teljes nyíltsággal - érintette meg az orrát. „Ennek a háznak van egy kis története."

August most érdeklődve csatlakozott újra hozzánk.

„Miféle történelem?" Kérdeztem.

Judy folytatta: „Nincs értelme mesélni, ha nem tetszik itt. Ebben az esetben továbbmehetünk a következő házhoz. Van még néhány a tarsolyomban. Szóval, mi az eddigi véleményed erről a házról?"

August azt mondta: „Még nem láttuk az egész házat, túl korai lenne megmondani, és..."

Befejeztem a mondatát, ahogy a régóta házas emberek szokták: „És nem szép tőled, hogy hagyod, hogy beleszeressünk a házba - nem mondom, hogy itt ez a helyzet -, aztán meg leengeded a bummot." Nem, nem, nem.

„Valóban lejjebb engedni a bummot" - tette hozzá August.

„Ki vele!" Követeltem, miközben August a kezemet a sajátjába fogta.

„Menjünk a konyhába" - mondta Judy. „Felteszem a vízforralót, és főzök nekünk egy csésze teát. Feltöltöttem a szekrényt néhány dologgal, például Earl Grey teával és keksszel, egy ilyen alkalomra. Aztán minden kiderül."

August, hallva, hogy egy csésze tea és egy keksz a kínálatban van, követte Judyt a konyhába, én pedig, ahogy mondani szokás, a hátam mögött haladtam. Végigsétáltunk egy folyosón, amelynek magas volt a mennyezete, de meglehetősen koszos volt, mivel nem volt tetőablak - ha megvennénk a házat, egy tetőablak otthonosabbá tenné ezt a folyosót.

„Egy tetőablak sokat javítana a helyzeten - javasolta August, miközben Judyval együtt belépett a szomszédos szobába egy pár lengőajtón keresztül, amilyet az ember egy régi Marlon Brando-westernben látna. „Ezeknek mennie kell - mondta August, amikor az ajtó kilengett, és nekiment a hátsójának, mielőtt odaértem volna, hogy megállítsam. Ott állt, csípőre tett kézzel, nyitott szájjal, de szavak nélkül.

Ahogy benyomultam a szobába, már értettem, miért volt August szótlan, mert ó, jaj, micsoda látvány! A konyha és az étkező egymás mellett volt, egy hatalmas, nyitott, téglalap alakú térben, amelynek egyik végétől a másikig üvegablakok és ajtók húzódtak, és az egyik legpompásabb kertre néztek, amit valaha láttam. Annyira szerettem volna, ha tavasz lenne, hogy minden virágba boruljon, de az ősz itt is gyönyörű volt, a fák őszi színekben pompáztak.

„Dash imádná ezt - mondta August. Dash a mi kis tacskófiúnk volt.

„Biztosan imádná" - mondtam, miközben Judy, aki most mögöttünk állt, anyát játszott, és forró vizet öntött a teáskannába.

Sem August, sem én nem tudtuk levenni a szemünket a gyönyörű természetről, amely csak néhány lépésre várt ránk. „Kinyithatom az ajtókat?" Kérdeztem.

Judy bólintott, és August megtette a megtiszteltetést. Azonnal a kinti hangok zeneként áramlottak be a konyhába. Voltak kabócák, kék szajkók, verebek, kardvirágok, egy fa varangy... boldogítóan zenés volt - egészen addig, amíg néhány pillanattal később fel nem üvöltött a szomszéd fűnyírója.

„Kész a tea" - szólt Judy.

„Tökéletes időzítés" - mondta August, becsukta a tolóajtókat, és bepattintotta a zárat. „Helló sötétség, öreg barátom" - huhogta August. Ez volt az egyik kedvenc dallama, amit énekelt - egy klasszikus Simon és Garfunkel repertoárjából.

„Itt nincs sötét - mondtam, miközben Judy töltött és felszolgálta a teát. Hogy őszinte legyek, nem rajongtam az olyan előkelő teákért, mint az Earl Grey. Egy csésze Typhoo-t bármikor szívesebben innék. Két teáskanálnyi cukrot tettem bele - a jó öreg Typhoo esetében a szokásos dupláját -, és August is így tett. Miközben kortyolgattuk, elutasítva Judy választott kekszét - a mogyorósat -, vártuk, hogy elkezdje elmesélni nekünk a történetet, amire utalt.

***

„Először is - kezdte Judy -, ebben a házban már évtizedek óta nem lakik senki".

„Évtizedek óta", ismételtem meg, "Hogy lehet ez?"

August kiürítette a teája maradékát. Judy azonnal mozdulatot tett, hogy újratöltse a csészéjét, amit ő durván kikerült azzal, hogy a kezét a csésze tetejére tette.

Judy elmosolyodott. „Gondolom, nem mindenkinek ízlik a kedvenc főzetem." Újratöltötte a csészéjét, majd folytatta. „A hely az évek során eladósorba került. Az egész államból béreltünk staging-szakembereket, remélve, hogy a hozzájárulásuk segít az eladásban. Eddig nem jött be."

„Ennek semmi értelme" - mondta August. „Biztos kevésbé lenne visszhangos, ha a hely be lenne bútorozva." Felemelte üres csészéjét, és felsóhajtott.

„Szeretne inkább egy üveg vizet?" Judy megkérdezte, és anélkül, hogy választ várt volna, odament a hűtőhöz, kivett három palackot, és letette elénk. Éreztem, hogy ez hosszú történet lesz.

Egyszerre furcsa hang ütötte meg a fülünket a kert felől. August hátrébb tolta a székét, és a kertet fürkészte, amely most már csak részben volt megvilágítva, mivel a nap lemenőben volt. „Látsz valamit?" Kérdeztem.

August sasszemmel látott, bár idősebb volt nálam. „Pszt" - mondta. Vártunk, figyelmesen hallgatva, de a hangot nem hallottuk többé. August visszatért a helyére, és vállat vonva leült rá.

Judy azt mondta: - Az a legjobb, ha a végéig megtartja magának a megjegyzéseit és a kérdéseit. Szeretném befejezni, mielőtt, mármint amilyen gyorsan csak lehet".

August azt mondta: „Öregek vagyunk, és percről percre öregszünk. Biztosan elfelejtjük a kérdéseinket, ha ez a mese, amit mesélsz, még sokáig tart."

Megveregettem August kezét. „Ha bármilyen kérdésed van, akkor gépeld be a telefonodba." Már jó ideje próbáltam rávenni, hogy használja a telefonja Jegyzetek funkcióját. Én magam is sok mindenre használtam, többek között a bevásárlólistára. Javasoltam neki, hogy ugyanerre a célra használja. Mégis, hazajött anélkül, amire szükségünk volt, és újra visszament - ezúttal papírral a kezében.

„Maggie", mondta, "Tudod, hogy nem szeretem, ha a technológiára hagyatkozom."

„A fáktól való függés" - szólt közbe Judy - "Nem sok jót ígér a jövőre nézve sem."

„Egy darab papír akkumulátora nem hal meg!" - kiáltott fel.

„De egy tollnak elfogy a tintája" - mondtam vigyorogva, majd ismét megveregettem a kezét, és átnyújtottam neki egy tollat és egy papírt - mindkettőt mindig a táskámban tartottam ilyen esetekre.

***

„Kezdem az elején - mondta Judy.

Az asztal alatt August csoszogott a lábával, és láttam rajta, hogy egyre türelmetlenebb, és arra gondolt: „Gyerünk, asszony!", mert én is erre gondoltam.

Végül Judy rátért a lényegre. „Amikor ezt a helyet először betelepítették, három ember halt meg itt".

Várt, hogy reagáljunk, de egyikünk sem tette. Már felfogtuk, hogy valami szörnyűség történt - és arra következtettünk, hogy biztos halálesetekkel, gyilkosságokkal és/vagy zűrzavarral járt. Még az ízületi gyulladásos csontjaim is érezték, hogy itt valami szörnyűség történt. Magam köré tekertem a karjaimat, és megint fáztam. August ugyanígy tett, de ő melegebb volt nálam, mivel korábban visszakapta a kártyáját.

„Eredetileg egy templom épült itt a [18]. században. Miután lerombolták, és három ember meghalt - csak a könyvespolcok és a kandalló maradt meg -, minden vallás megesküdött, hogy itt soha többé nem építenek újra isten házát. Így aztán nyaralók, házak, kastélyok, bungalók, és végül a kétszintes kaliforniai osztott bungaló kialakítása, amelyben most állunk, úgy épült, hogy megfeleljen a tulajdonosok igényeinek és szükségleteinek arra a kijelölt időre, amelyben éltek. És így sok gyülekezeti tag, templomba járó és család tette ezt a helyet istentiszteleti helyévé és/vagy otthonává.

Kezdjük az eredeti templomtól. A 18. század közepén ezen a helyen egy közösség alakult, az egyik első, amely Ontario államban jött létre, miután sok bevándorló ezt a helyet választotta letelepedésre és új jövőjének felépítésére.

Két ilyen ember volt Lady és Lord Charleston, akik gyorsan a közösség vezetőivé váltak, és akik felajánlották az első templom építéséhez szükséges pénzeszközöket anélkül, hogy maguknak bármilyen elismerést adtak volna, kivéve egy kis könyvtárat, a parókián, amelyben a közösség olvashatott és kölcsönözhetett könyveket a vallással kapcsolatos témákban. Hogy kényelmesen tudjanak tanulni vagy olvasni, két ilyen könyvespolc közepén egy kandallót építettek volna.

A kérés jelentősége miatt sok kutatást végeztek, hogy melyik fa, lenne a legtartósabb az idő múlásával. Egy Olaszországból érkezett bevándorló elismerően beszélt a mediterrán ciprusról, és elmondta, hogy egy római templomban látott egy ebből a fából készült oltárt, amely túlélt egy tüzet, amely az épület többi részét elpusztította. Úgy döntöttek, hogy küldenek néhány fát, amelyet helyben tudnak termeszteni, és azt is megrendelik, hogy hajóval szállítsanak bőséges mennyiséget Kanadába. Az idő múlásával ugyanaz az ember arról beszélt, hogy ennek a régi hazájából származó fának természetfeletti ereje van. Erős illata miatt a családok országszerte a temetőkben a szeretteik közelében ültették el a fákat, hogy távol tartsák a démonokat, és biztosítsák, hogy szeretteik lelke átjut a túlvilágra."

Néhány másik egyháztag nem örült ennek az istenkáromlásnak, és azt javasolták, hogy csak kanadai fákat használjanak a vállalkozáshoz. Lord és Lady Charleston felülbírálta az indítványt, és a közösség megvárta, hogy leszállítsák a fát a parókiához, és közben felépítették a templomot, majd folytatták az iskola és más épületek építését. Az újonnan érkezők özönlöttek a közösségbe, olyan helyet választva, amely olyan szolgáltatásokat nyújtott, amelyek lehetővé tették, hogy mindenki gyorsabban beilleszkedjen.

A fa megérkezett, és a parókia felépült, de nem minden nehézség nélkül. Először egy férfi, aki a rönköt vitte le a hajóról, összetört, amikor több rönk elszabadult és rádőlt. Ezután több óvintézkedést tettek, de azok, akik az istenkáromlásra figyelmeztettek, tudálékosan suttogtak egymás között.

Évekkel később, amikor a kolóniának még nem volt neve, azt javasolták, hogy hívják New Charleston-nak, és így is lett elnevezve, és sok generáción át mindenkit kiszolgált a közösség, a lakosság pedig ugrásszerűen növekedett. Lord és Lady Charleston meghaltak, de portréjukat megfestették, és a parókia könyvtárának kandallója fölött, a két könyvespolc között helyezték el. A közvélemény heves tiltakozása ellenére a könyvtárat Lady

Charleston Archívumnak nevezték el, mivel a család adományozta könyvgyűjteményét, hogy megtöltse a polcokat".

Lecsavartam a vizes palack fedelét, és belekortyoltam, miközben August az órájára pillantott. A nap már lenyugodott, és a hátsó kert nagy része sötétben volt, kivéve egyetlen reflektort, amelyet a hold biztosított.

„Ebben a templomban történt a haláleset".

August és én közelebb léptünk, remélve, hogy hamarosan rátér a lényegre. A gyomrom korgott. Mert már régen túl volt a vacsorán, és kezdett Augustéval az éhségérzet duettjében társalogni.

„Gingernut?" Judy megkérdezte, és elénk intett. Udvariasan visszautasítottuk. „Miért nem rendelek egy pizzát? Amíg megsütik és kiszállítják, folytathatom a történetemet".

„Ananász nélkül" - mondta August. Az ananászos pizza az ő egyik igazi kedvence volt. „Az ananász a fejjel lefelé torta számára való, nem a pizzatortához".

„Nem is tudnék jobban egyetérteni" - mondta Judy, és megnyomta a telefonja gyorstárcsázóját.

„Nincs szardella" - mondtam, és próbáltam meggyőzni a korgó gyomromat, hogy csendesedjen el.

***

„1847-ben egy nő, egy idegen jött a közösségbe az éjszaka közepén, a férjét és fiatal fiát keresve. Bekopogott az ajtókon, és nagy zajt csapott, mivel már elmúlt éjfél. A közösség tagjai kijöttek a házaikból, és a segítségéért versengve keresőcsapatot alakítottak, amely lámpák segítségével vezette őket. Ez volt az a fajta közösség, amelyik összefogott, hogy segítsen másokon, még az idegeneken is. Senki sem kérdőjelezte meg az indítékait, a történetét vagy az épelméjűségét.

Október volt, így hűvös volt, de még az első hó sem esett le. Vánszorogtak, kutattak, amíg a nap fel nem kelt, aztán újra összeálltak, hogy egyenek, igyanak, és többet tudjanak meg a nőtől, aki túl kimerült volt ahhoz, hogy velük együtt megmássza a helyet. Amikor megérkezett, azonnal elszállásolták és lefektették egy erős tea után, amelybe egy kis whiskyt kevertek, hogy biztosan átaludja az éjszakát.

További megbeszélések és annak megerősítése után, hogy senki sem látta a férj és a gyermek fejét vagy haját, együtt ettek a templomban a női társadalom által biztosított ételből, és megbeszélték, hogy mi legyen a következő lépés. Ez nem olyan volt, mint manapság, ahol könnyen ki lehetett nyomtatni plakátokat, és mindenhova felragasztani őket ragasztószalaggal, és a közösségi média sem volt opció. Ehelyett egy művészt alkalmaztak, aki az anya leírása alapján lerajzolta a családot. Az asszonyt Rebának hívták, a gyermekét Jákobnak, a férjét pedig szintén Jákobnak.

Egy este, elég későn egy helyi lakos látta, hogy Reba asszony belép a templomba, kezében egy gyermek kezével. Elgondolkodott, hogy vajon hol lehet a férje, de nem törődött vele tovább, és lefeküdt aludni.

Reba elvitte a fiát a templomba, hogy gyertyát gyújtson az oltáron, hogy megköszönje Jézusnak, hogy visszahozta hozzá a férjét és a fiát. A templom ajtaját nem biztosították, mert idősebb

Jacob hamarosan csatlakozik hozzájuk. Egy széllökés, amely olyan heves volt, hogy elfújta a lángot, és lángra kapta a nő ujját, és mivel ekkor a fiát tartotta a kezében, a ruhája is lángra kapott. Az idősebbik Jákob belépett, és feléjük rohant, az ajtót teljesen nyitva hagyva. Még dühösebb szél követte őt, miközben bezárta a szakadékot maga és a szerettei között. A templom, amely helyi fákból készült, pillanatok alatt felrobbant velük együtt.

A közösségi házban, ahol az egyházi asszonyok ételt osztottak az önkénteseknek, érezték meg először, hogy valami ég, és kirohantak az utcára. Az önkéntesek többsége tűzoltó is volt, de az akkori erőforrásaik korlátozottak voltak. Megtették, amit tudtak, hogy megmentsék a templomot, de már késő volt. A parókia még nem égett el, így sikerült kihozniuk a papot, és ahogy mondtam, megmenteni a könyvespolcokat és a kandallót. A háromtagú család elpusztult... a semmibe égett. Hamuvá hamvadtak, ahogy a mondás tartja."

Judy mély levegőt vett, ivott egy korty vizet, majd megszólalt a csengő. A történet elmesélése sokat kivett belőle, ezért August felajánlotta, hogy elhozza a pizzákat, de Judy azzal, hogy neki kell fizetnie - munkával kapcsolatos kiadásként könyvelhette el -, végül az ajtóhoz ment. Visszatért a forró és finom illatú pizzás pitével, és egy darabig szó nélkül falatoztunk, kivéve az óh-kat és áh-kat, miközben részesültünk az ízletes lakomában.

Most már elégedetten és teli hassal Judy folytatta a mesét.

„Azóta azt mondják, hogy annak a családnak a szellemei kísértenek ebben a házban. Bármit is látnak az emberek, annyira megijednek, hogy sikoltozva menekülnek ki innen. És az évek során, az évszázadok során házakat építettek át ezen a birtokon, de soha senki nem lakott itt hosszabb ideig."

Már rendkívül későre járt; Judy története elég sokáig tartott.

„Megtennéd, hogy előretekersz, és elhoznál minket a jelenbe?" August megkérdezte, ismét durvábban, mint ahogyan azt ő vagy én vártuk volna tőle. Már elmúlt a lefekvési ideje, és az, hogy ingerült lett, nem teljesen az ő hibája volt.

Judy bocsánatot kért. „Ez a ház huszonöt évvel ezelőtt épült. Megvették, eladták, bérbe adták, felújították - nevezd csak meg, és többször, mint ahány ujjam és lábujjam van, hogy megszámoljam - senki sem akar itt lakni." Körülnézett. „Igen, jól mutat, de van benne valami. Valami, amitől az emberek elmenekülnek. Különösen ilyenkor éjszaka. Meg akartam nézni, hogy veled is megtörtént-e."

„Szóval, mi vagyunk a barátságos guineapigád" - mondta August, hirtelen hátralökve a székét. „Folytassuk a túrát. Mi van odafent?"

Nem mozdultam.

„Fogalmad sincs; úgy értem, abszolút fogalmad sincs, miért viselkednek az emberek ilyen szélsőségesen? Számomra ennek alig van értelme. Biztos, hogy te is látnád, amit ők láttak."

„Soha nem látom" - mondta Judy.

„Hát ez bizarr" - mondta August.

Judy elmosolyodott. „Tudom. És éppen ezért, hadd mondjam el, hogy a spirituális emberek, mint a médiumok, misztikusok, jövendőmondók, boszorkányok, boszorkánymesterek - nevezz meg egyet és már jártak itt - igen, még ezt a helyet is oszlopról oszlopra kiűzték, és mégis, az a dolog, amitől mindenki menekül, beleértve a fent említetteket is, még mindig megtörténik. Mindegyikük sikoltozva menekült a hegyekbe - és soha többé nem tértek vissza."

„Baromságok és ostobaságok" - mondta August.

De minél többet beszélt erről, annál jobban megijedtem, és annál inkább hajlandó voltam elhinni, mert ahogy telt az idő, egyre jobban fáztam. Sőt, úgy reszkettem, mintha valaki a síromra lépett volna - bár természetesen nem voltam halott. Mégis. Már a gondolattól is égnek állt a szőr a karomon.

Judy felállt. „Most már tudod, amit én is tudok. Az ár már alacsony, de még mindig alkuképes. A tulajdonos azt akarja, hogy eladjuk, és kikerüljön a kezéből - mégpedig tegnap. Miért nem nézel fel az emeletre, hogy megismerd a legfelső emeletet?"

August azt mondta: „Megvehetnénk szeretettel, lebonthatnánk, és átépíthetnénk valamit, ami megfelel az igényeinknek, például egy bungalót. Még mindig előrébb járnánk, és bőséges pénzünk lenne, hogy életünk végéig eléldegéljünk."

Remegő térdekkel, az asztalba kapaszkodva én is felálltam. Ez jól hangzott, sőt túl jól ahhoz, hogy igaz legyen.

Judy azt mondta: „Ez örökségnek van kijelölve. A könyvespolcoknak és a kandallónak érintetlenül kell maradnia. Ez nem alku tárgya. Valójában nem fogadhatom el az ajánlatát, hacsak nem hajlandó ezt írásban is rögzíteni".

August és én kisétáltunk a konyhából, mintha transzba estünk volna, és végül a szőnyegen álltunk, amely most a kandalló előtt volt. A pattogó tűz, amely köpködve világította be a szobát, elgondolkodtatott, hogy miért fáztam még jobban.

„...elektromosság" - mondta Judy.

Gondolatban elkalandoztam a könyvek földjére, és lemaradtam arról, amit mondott.

„...kikapcsolta. A vizet is."

Végigsimítottam a kezem a középső könyvespolcon, most már értettem a lényeget, ahogy August elhagyta a szobát. Megfordultam, és követtem őt, ahogy Judy is. Megállt a lépcső aljánál, megnézte, hol vagyunk, aztán elkezdett felfelé mászni. Megragadtam a korlátot, és én is felmentem. Félúton a korlátot ingatagnak éreztem, ahogy a térdemet is. A lábam mintha belesüllyedt volna a falépcsőbe, amitől bizonytalannak éreztem magam. August már a csúcson volt. Észrevettem, hogy a telefonján lévő zseblámpa alkalmazással világítja meg az utat. Büszke voltam rá, hogy végre hasznát vette az egyik alkalmazásnak, amit ajánlottam neki, hogy kipróbálja.

Amikor csatlakoztam hozzá a csúcson, lenéztünk Judyra, aki a telefonját maga elé tartva várakozott - szintén a zseblámpa alkalmazást használva. „Hamarosan be kell zárnom" - mondta.

„Csak egy jót csoszogunk egy kicsit" - mondtam, miközben August eltávolodott tőlem a folyosó túlsó végén lévő ajtó felé. Ahogy mentem, a vastag szőnyeg a lábam alatt nyúlósnak tűnt, így a sietség nehezemre esett. August kinyitotta az ajtót, és egy barackszínben pompázó fürdőszobát mutatott, mosdókagylóval, káddal, vécével és zuhanyzóval. A fürdőszobát kiegészítőkkel díszítették - az egyik szőnyegszőnyeget az alja köré dobták. A stílus nem volt a mi ízlésünknek megfelelő, és ezt meg is mondtam, miközben becsuktuk az ajtót, és továbbmentünk egy hálószobába, amely kisméretű volt, kék színben díszítve, a falakon autókkal, amelyek végighajtottak, és csillagokkal, amelyek világítottak, amikor a zseblámpát rájuk irányítottuk a mennyezeten.

„Tetszenek azok a csillagfények" - mondta August, és előjött a benne lévő gyerek. Meglepett, hogy nem tetszettek neki az autók a tapétán is. Lehet, hogy igen, de a kettő közül a csillagok jobban tetszettek neki.

„Igen, szedjük le őket, és tegyük a kandalló fölé - már ha megvesszük" - mondtam.

Továbbmentünk egy másik hálószobába, egy vendégszobába, amely tele volt mindenféle, fajta és színű virággal. Az ajtó hátuljára napraforgók voltak stencilezve.

„Nagyon otthonos" - mondtam, miközben továbbmentünk a folyosón az utolsó szobába: a fő hálószobába. Eszembe jutott, hogy egy ekkora házban háromnál több hálószobának kellene lennie.

August azt mondta: - Több szobát is építhetünk a telken, ha ebből bungalót csinálunk. Olyan sok hely van itt elpazarolva."

Megnéztük a fürdőszobát, amely szintén nagyon elavult barackszínű volt - bár volt egy arany csaptelepekkel és szerelvényekkel díszített spa-kád. Felette pedig egy nagy íves ablakból panorámás kilátás nyílt arra, amiről feltételeztük, hogy a hátsó kert lehet.

August felmászott a kádra, és közben megfogta a kezemet. Együtt álltunk; egymás mellett, a kertet nézve, amikor három alak jelent meg. Magasság szerint felsorakozva, balra egy férfi állt, bár a termetéből ítélve azt hihette volna az ember, hogy fiú. Az öltözete, amelyhez egy meghajlított kalap, egy derék fölött fodros vászoning, egy térdig érő zakó és egy nadrág bizonyította az ellenkezőjét. A férfi kezét egy fiú tartotta, akinek kabátja éppen a dereka alá esett, míg nadrágja térdnél felgömbölyödött, sötét fürtjei a sapkája alól kibomlottak. A hármast egy nő tette teljessé, aki a gyermek kezét fogta. Vastag, steppelt kabátot viselt, amely eltakarta a ruháját, a fején pedig egy alvósapkát - mintha váratlanul lépett volna ki az éjszakába. Mindhárom alak telt arcát átszellemülten nézte a hold és a csillagok, vagy ez, vagy valami varázslat hatása alatt álltak.

„Ezek tényleg igaziak?" Suttogtam August vállába kapaszkodva, de mielőtt befejezhettem volna, három szempár egyenesen ránk nézett, és egyszerre olyan magas hangon üvöltöttek fel, hogy az biztos minden kutyát felébresztett a környéken. Mindhárman azt mondták,

„Minden nap ide jövünk égni."

Befogtuk a fülünket, miközben ismételték a szirénázó éneküket, majd a lábaiktól kezdve felfelé haladva lángok nyelték el őket, és hamarosan a sikolyaik nyögéssé váltak, miközben hamukupacokká omlottak a földre.

Én sikoltottam. És akkor történt valami, ami a házasságunk évei alatt még nem történt meg - August is sikoltott.

Kimásztunk a kádból, lefelé rohantunk a lépcsőn, Judy mellett és ki a bejárati ajtón olyan sebességgel, amit két magunkfajta vén trotty soha nem hitt volna, hogy lehetséges. Beültünk Judy kocsijába; ő vezetett, amikor megmutatta nekünk az ingatlant. Amikor beszállt, elindult, és közben csikorogtak a kerekei.

Amikor már bőséges távolságot tettünk a ház és köztünk, Judy tényszerűen azt mondta: „Összeállítok egy listát a többi házról, amit holnap reggel első dolgom lesz megtekinteni. Megtaláljuk a tökéletes otthont. Rengeteg gyönyörű ház van a piacon, amelyek közül választhat." Ránk pillantott a visszapillantó tükörben.

Én még mindig remegtem, és Augustba kapaszkodtam.

„Elmondanád, hogy mit láttál?" Judy érdeklődött.

„Nem h-hallottad őket?" Kérdeztem.

Judy nemlegesen rázta a fejét.

„Hidd el, te vagy a szerencsés" - mondta August. „Most pedig vigyél minket haza. Mi itt maradunk."

August és én soha többé nem beszéltünk a házról.

MURDER (GYILKOSSÁG)

Ültem a kocsimban - túlságosan féltem kiszállni.

A sötétített üveg mögül mindent láthattam - miért tenném ki magam veszélynek? Miért kockáztassam a fertőzést, amikor csak egy kis természetet akartam.

Akkor miért nem maradsz otthon, kedvesem? Hallottam, ahogy a lágy hangod kérdezi a fejemben. Mintha itt lettél volna mellettem az anyósülésen. Te, mint néhai férjem, Gerald - negyvenkét évig voltam házas, mielőtt a COVID kiiktatta. Igen, az én Geraldom még életünk ezen őrült időszakának legelején belehalt a vírusba. Mielőtt még világjárványnak nevezték volna azok, akik azt mondták, hogy jól tudják.

Még akkor sem hitte el, amikor hivatalosan is megerősítették, hogy Gerald ki volt téve a vírusnak, és megfertőződött. Csak azért engedett a vizsgálatnak, mert meggyőztem, hogy jöjjön velem, tudod, ahogyan azt a fogadalmunkban mondtuk, betegségben és egészségben. Olyan ember közelében voltam, aki elkapta a betegséget, miközben önkéntes voltam az élelmiszerbankban. Nem kellett kivizsgáltatnom magam, de gondoltam, jobb félni, mint megijedni, és önkéntes tizennégy napos karanténba helyeztem magam - legalább Geralddal együtt lehetünk.

Amikor megjöttek az eredmények, Gerald fertőzött volt, az én tesztem pedig negatív lett. Mivel egymás zsebében voltunk, valószínűsíthető volt, hogy én is fertőzött vagyok, csak éppen tünetmentes, így mindketten boldogan mentünk karanténba, ahogyan az elmúlt negyvenöt évben is, amikor ismertük egymást.

Felkészültünk arra, hogy együtt nézzünk szembe a dologgal, aztán azt mondták, hogy tartsam magam távol Geraldtól, korlátozzam az érintkezést - tartsak ajtót kettőnk között, viseljek maszkot, mossak gyakran kezet - ismerik a gyakorlatot. Én a vendégszobát foglaltam el; Geraldé volt a mi szobánk. A falon keresztül köszöntünk el egymástól, ahogy a Walton családnál is tették a népek.

Egyik este, amikor nem tudott elaludni, a falon keresztül adtam neki szerenádot, néhány refrént abból a dalból, amelyre a középiskolában az első táncunkat jártuk, a Make Me Do Anything You Want című számot az A Foot in Coldwater-től. Magamban dúdoltam, miközben figyeltem a kinti eseményeket. Egy csapat kanadai lúd falta a füvet néhány méterre tőlem. Kicsit lehúztam az ablakot, hogy halljam a csevegésüket. Mély levegőt vettem, beengedve a kinti levegőt, de a friss levegő nem akadályozott meg abban, hogy eszembe jusson a következő, a legnehezebb rész, amikor Geraldot elvették tőlem, és bevitték a kórházba. Nem ülhettem be vele a mentőautóba, és olyan gyorsan lejtőre került, hogy soha többé nem láttam élve.

Először a gyerekeket hívtam fel. Persze ők már mind felnőttek, saját gyerekekkel. Gyerekek, kecskék. Természetesen a gyerekekre gondoltam. Nem biztos, hogy mikor tértem vissza a közös leírásra. Valószínűleg azért, mert Gerald nincs itt, hogy megmondja, hogy ne tegyem.

A mi gyerekeink nem jöhettek a társadalmi távolságtartás miatt. Az ő területük a 2. szakaszban volt. Emellett nem érte meg vállalni a kockázatot, hogy ők maguk is elkapják a vírust, hogy visszavigyük az unokáinknak. Szemtől szemben időzítettünk - egy kedves nővér segítségével -, de Gerald nem szólalt meg. Ekkorra már eltűnt a mosoly a szeméből, és én tudtam.

A temetés után - rajtam kívül senki sem jött el a temetésre - nem tudtam, mit kezdjek magammal. A biztosítás kifizetése után még rosszabb volt. Egész életünkben spóroltunk és spóroltunk - és most, hogy ő meghalt, nem volt hová mennünk - nem úgy, hogy a járvány minden sarkon ott ólálkodott - és Geraldom nem volt ott, hogy megossza velem, így eleve nem volt értelme elmenni. Ennyi pénz, és Geraldon kívül egyetlen dolog sem jutott eszembe, amit akartam vagy amire szükségem volt.

Ahogy közeledett az ősz, és a levelek kezdtek lángolni, számtalanszor mutattam egy-egy különösen lenyűgöző fára senkinek. Aztán ott volt a hálaadás a láthatáron. Általában elkészítettük a családi lakomát - a szokásos kanadai ételekkel -, mint a sütőtökös pite, áfonyaszósz, pulyka, sonka, töltelék, krumplipüré, zöldségek és káposztasaláta. Gerald általában felszeletelte a madarat, míg én minden mást megszerveztem. Aztán körbeültük az asztalt, és mindenki, még a kicsik is elmondták, miért voltak hálásak az elmúlt évben. Eszembe jutott a kis Kevin kijelentése, hogy a leghálásabb a „Bampáért", azaz a nagypapáért. Gerald szeme aznap úgy ragyogott, mint a nap, amely többnapos eső után előbukkan a felhők mögül.

A lányom azt javasolta, hogy „rendezzek" egy virtuális hálaadásnapi vacsorát. A szíve a helyén volt, de az ötlet abszurd volt. Egyedül készítenék egy pulykás tévévacsorát, és megenném, miközben a Charlie Brown Hálaadást nézném.

Így hát visszatértem ide, hogy itt ülök ebben az átkozott autóban, felhúzott sötétített ablakokkal - túlságosan félek kiszállni a kocsimból. Ahogy a tekintetem végigsiklik a járdán, észreveszem Sonny és Evelyn Marshallt, és mielőtt még lebukhatnék - ők is észrevesznek engem. Felém tartanak. Hallottak Gerald haláláról, és szeretnék leróni kegyeletüket, de már túl késő, hogy beindítsam a kocsit, és visszatolassak a parkolóból.

A kocsi előtt most már maszkot viselve Sonny kopogtat az ablakomon, miközben Evelyn az utasoldalra megy.

„Helló - mondom a csukott ablakon keresztül. Csörög a telefonom. Rámutatok, tudatom velük, hogy egy hívással kell foglalkoznom, aztán megnézem, ki a hívó - Evelyn van a vonalban. „Helló, még egyszer" - mondom, amikor Sonny megkerül a kocsim eleje körül, röviden megáll, hogy a szélvédőn keresztül rám nézzen, mielőtt továbbmegy, és csatlakozik a feleségéhez.

Evelyn azt mondja: - Hallottunk Geraldról. Őszinte részvétünk, és csak be akartunk ugrani, hogy elmondjuk. És azt is mondani, hogy ha bármire, bármire szüksége van, kérem, hívjon minket. Szeretnénk ott lenni nektek, amennyire csak tudunk ebben a járványban." Sonny átkarolta a feleségét.

„Jól vagyok" - mondtam. „Köszönöm a kedves ajánlatot, és hogy beugrottatok." Leteszem a kagylót, és leteszem a telefont, remélve, hogy elmennek.

Sonny mond valamit, amiről normális esetben tudnám, hogy mit, mivel elég jól tudok szájról olvasni, de ezekkel a maszkokkal bárki bármit mondhat. Ő és Evelyn integetnek, amikor visszatérnek az ösvényre, és elindulnak.

Nézem, ahogy összefogják a kezüket, ahogy egyre kisebbek és kisebbek lesznek. Amikor már elmentek, egy fekete varjú száll le a kocsim motorháztetejére, és a sötétített üvegen keresztül néz rám. Letekerem az ablakot és azt mondom: „HÚÚÚÚÚÚÚÚÚÚÚÚÚÚÚÚÚÚÚÚÚÚÚÚ!"

A varjú felém mozdul, felborzolja a tollait, és egy dacos „KÁV, KÁV!"-val válaszol.

Újra felhúzom az ablakot, és figyelem, ahogy az izé a kocsim motorháztetején járkál. Madárnyomok nyomát hagyja a poros járművemen. Beindítom a motort, és vizet permetezek a szélvédőre. A madár nem mozdul. Többször is végigpöccintek az ablaktörlővel. Az izé még mindig rám néz, megrázza a fejét, aztán SPLATT, kakil. Dudálok, és nézem, ahogy felemelkedik, lebeg, még egy kicsit kakil, ezúttal a fényszórót találja el, mielőtt a víz felé veszi az irányt.

Egy csapat varjút gyilkosságnak hívnak. Amikor Gerald meghalt, egy ember által a bolygónkra szabadjára engedett vírusban, a halálát nem nevezték gyilkosságnak - pedig nagyon is gyilkosságnak kellett volna nevezni.

Belenyúlok a táskámba, és kiveszem a maszkot. Az egyik hurkot a jobb, a másikat a bal fülembe dugom. Meggyőződöm róla, hogy jól ül, az orrom fölött, az állam alatt. Kilépek a kocsiból, és kilépek a napfényre.

Ügyes kislány- kukorékol Gerald, miközben egy gyilkos varjúgyilkosság alkot kört a fejem fölött, és én egy mozgó jármű elé lépek.

SANS MASQUE

A FÉRFI A SZOBA egyik oldalán állt, a nő pedig a másik oldalon.

Mindketten felöltözve - vagy túlöltözve - így érzékelte a férfi megjelenését. Csiszolt volt az első szó, ami eszébe jutott, de valami túl sikamlósnak tűnt rajta. Mintha azt akarta volna, hogy a lány még jobban beleszeressen, mint amennyire már most is beleszeretett.

Legalább megjelent - még akkor is, ha a lány nem volt hajlandó megtenni, amit kért tőle, és ez volt az első személyes találkozásuk.

Egy társkereső alkalmazásban találkoztak. Ez ellen nincs törvény - még. Idővel kialakult közöttük egy kapcsolat. Az üzeneteit mindig egy lüktető szív emojival zárta. A nő mindig egy „yours truly"-nal írta alá, mintha egy levelet fejezne be. Újonc volt a társkereső app. forgatókönyvében, de a szigorú világjárványtörvények mellett hogyan máshogy ismerkedhetett volna meg bárkivel is?

Kicsit több mint két hónapnyi üzenetváltás és e-mailezés után megkérte, hogy találkozzon vele személyesen. A nő vonakodva beleegyezett. Bizonyos értelemben, ha soha nem is találkoztak, el tudta képzelni, hogy a férfi minden volt, amilyennek beállította magát. Ennél is fontosabb volt, hogy nem akart túl mohónak vagy kétségbeesettnek tűnni.

A férfi annyi fáradságot vállalt, mindent megszervezett, beleértve a helyszínt is, ahová el akarta vinni a lányt. Először nem hitt a szerencséjének. Miközben arra várt, hogy a férfi megerősítse a részleteket, érzelmei az izgatottságtól a szkepticizmusig terjedtek. Vajon tényleg csak kettejüknek tudott egy ilyen exkluzív helyszínt fenntartani? Amikor a férfi megírta a részleteket, a lány felhördült, majd egy mosolygós arc-emojival válaszolt. Az elsőt a kapcsolatuk során.

Ezután azonnal a szekrényéhez ment, és felcsúsztatta a tükrös ajtókat. Addig turkált a ruhafogasok között, amíg meg nem találta a legdrágább ruháját - azt, amit ő a flancos ruhájának nevezett. Ezt néhai édesanyja emlékére nevezte el így. Ez egy utángyártott dizájnszám volt, amelyet az interneten vásárolt, és a legbüszkébb divatbéli tulajdona. Magához tartotta, a tükörbe nézett, és próbálta eldönteni, milyen ékszerrel emelje ki: műgyémántokkal vagy gyöngyökkel? Az előbbi mellett döntött.

A nagy esemény reggelén korán ébredt, hogy ellenőrizze a postaládáját. Félig-meddig egy sms-t vagy üzenetet várt, hogy le kell mondania. Igazság szerint egy része remélte, hogy lemondja, de a postafiókja üres volt, és nem érkezett sms. Kiment a konyhába, hogy főzzön magának egy csésze kávét, majd újra ellenőrizte, hátha a férfi jelentkezik. Ezúttal még a levélszemétfájlba is belenézett - az is üres volt.

Egész nap elfoglalta magát. Először egy hosszú, gőzölgő fürdővel és hámlasztással. Ezt követte egy könnyű ebéd. Ismét ellenőrizte, hogy nem érkezett-e üzenet, de mivel nem talált egyet sem, továbbment, és megigazította a haját, majd megcsinálta a körmeit. Mielőtt sminkelte volna magát, végigtrollkodta a közösségi médiát. Mivel nem talált bizonyítékot a közelmúltbeli aktivitására, a legmagasabb magassarkújába lépett - amelytől a lábai a leghosszabbnak tűntek. A megjelenést egy réteg cukorkavörös rúzzsal fejezte be, majd a tükör elé lépett. Tökéletes.

Egy dolgot kivéve: a hozzá illő kuplungtáskát. Beletette a telefonját és a bankkártyáját, majd visszament a rúzsáért, és most már mindenre készen állt.

Ahogy kilépett a bejárati ajtón, és felrakta a maszkját, megérkezett a taxi. Már előző este lefoglalta, biztosítva, hogy nem fog elkésni vagy túl korán érkezni. Azt akarta, hogy az időzítés tökéletes legyen az első személyes találkozásukhoz.

***

A napot azzal töltötte, hogy mindent kétszeresen ellenőrizzen, ahogyan mindig is tette ilyen alkalmakkor.

Alig várta, hogy végre személyesen is találkozhasson vele. Online félénkebbnek és naivabbnak tűnt, mint bármelyik másik, akivel eddig csevegett. Olyan félénknek, olyan valószerűtlennek tűnt, hogy egyenesen elutasította, hogy meztelen fotót küldjön magáról. Meztelenül, azaz maszk nélkül.

Mielőtt beleegyezett volna a találkozásba, meg kellett nyugtatnia, hogy az irányelveket betartják. Nos, nem csak úgymond betartotta, vagyis nem kevesebbet kért, mint a személyes garanciáját, hogy nem fogják megzavarni őket.

Amikor a világ vezetői megbuktak, a nemzetközi kormány megalakult, hogy betöltse az űrt. Az I.G.-vel az élen a világ szigorúbb büntetéseket követelt a nem engedelmeskedő, társadalmi távolságtartó huligánok számára. Az újonnan megalakult Nemzetközi Pandémiatársulatok (I.P.A.) felhatalmazást kaptak arra, hogy a társadalmi távolságtartás törvényeit bármilyen eszközzel érvényre juttassák.

A világ vezetőinek bukása után heves közfelháborodás tört ki. A közösségi médiát elárasztották a félinformációk. Az emberek igazságot követeltek, és az utcára vonultak plakátjaikkal és békejelekkel. Amikor már nem lehetett elhallgattatni őket, és a börtönök zsúfolásig megteltek, törvénybe foglalták a nyilvános kivégzéseket.

Mindezek ellenére sikerült megtartania a pénzét, és nem félt használni, ha az a javára vált. Megzsírozott néhány tenyeret, hogy lefoglalja a helyszínt, felvegye a személyzetet, és biztosítsa, hogy zavartalanul maradjanak. Az, hogy a helyszínen figyelte őket - ez ellen nem tehetett semmit. A térfigyelő kamerák mindenütt ott voltak.

A szmokingját összeszedték, és még mindig a műanyag borítóba volt csomagolva, amelyet a tisztítóból hazafelé menet viselt.

Karanténban volt a garázsban, amíg szükség nem lesz rá. Az ember sosem lehet elég óvatos. A szövetek karanténba helyezésének szokásos ideje negyvennyolc óra volt. Az óvatosság kedvéért egy teljes hétig a garázsban hagyták.

Amikor teljesen felöltözött, az utolsó dolog, amit tett, az volt, hogy felrakta a maszkot, mielőtt beszállt a járművébe. Kevés volt a forgalom, és a parkolás is könnyű volt.

Azt akarta, hogy minden tökéletes legyen.

Pontosan úgy, ahogyan azt remélte, hogy ő is az lesz.

***

Kilépett a taxiból a járdára, és bezárta a távolságot maga és a helyszín között.

A földön, krétával a járdára írva egy neki címzett üzenet volt. Az állt rajta: *Drágám, kövess engem.* Elmosolyodott, és követte a kövekre vésett szívek nyomát. Ujjai minden alkalommal megnyugvást kerestek az arcát takaró maszkban. Olyan volt, mintha egy másik bőrréteg lett volna.

A nyitott ajtókon keresztül ment, újabb szíveket követve, amelyek a folyosón vezették.

Végre megérkezett, remélve, hogy az igaz szerelme, a lelki társa várja.

***

A terem túloldalán találkozott a tekintetük. A lány a fekete ujjatlan ruhájában, a férfi a fekete szmokingjában.

„Eljöttél!" - mondta erős igenlő hangon.

„Igen" - válaszolta a lány lélegzetvisszafojtva suttogva.

Lelassította a szíve dobbanását, azzal, hogy szemügyre vette a szobát. A férfi figyelme kifogástalan volt. Az asztal két személyre volt megterítve, a legfinomabb porcelánnal, kristályokkal és ezüsttel. Az asztal a szoba hosszában húzódott. Középen egy pompás kandeláber sugárzott romantikát.

„Kérem, foglaljon helyet - mondta.

A nő a saját végébe ült, a férfi pedig a sajátjába. Mielőtt kellemetlen csend beállt volna, a férfi tapsolt. Két pincér érkezett egy ajtón keresztül, amelyet a lány észre sem vett. Tetőtől talpig egész alakos öltözékben, amelyek a Holdon sem álltak volna rosszul, közeledtek. Kesztyűs kezükkel megtöltötték a pezsgőspoharakat, és a tálakat könnyű fogyasztással.

A férfi egy evőeszközzel csettintett a pohara oldalával, a nő pedig ugyanígy tett. Esküvőkön ezt a szertartást egykor az ifjú házasok kérésére végezték, hogy csókot váltsanak. Már a puszta gondolattól is megborzongott, hogy nyilvánosan leplezze le magát. Ebben az új világjárványos világban a csilingelés azt jelezte, hogy a kezdeményező tósztot akar mondani.

„Rátok - mondta, és felemelte a poharát.

„Ránk" - mondta a lány, és dühösen elpirult, a maszkja alá rejtve.

A pincérek időről időre tálcákkal érkeztek. A flambírozott jubileumi cseresznye utolsó adagja után a felszolgálók meghajoltak. Ez jelezte, hogy nem térnek vissza.

„Bárcsak megcsókolhatnám - mondta, hangosabban, mint szerette volna, de elég hangosan ahhoz, hogy a maszkja miatt számot adjon róla.

Ezek a szavak a férfitól lángra lobbantották. Mielőtt még tudta volna, mit csinál, felállt, és csókot fújt a férfinak. Újra visszaült, és elképzelte, ahogy a csók tollként száll az asztal fölött a levegőben.

A férfi elkapta, és az ajkához szorította. „Ez nem elég" - nyögte ki a férfi.

A nő ismét hátravetette a székét. Átkarcolta a csendet.

Magas sarkú cipője kattogva csattogott, ahogy átkelt a padlón. Megbotlott az izgalomtól, ahogy az asztal mentén a férfi felé tartott.

Ahogy közeledett felé, a légkondicionáló a lány édes-édes parfümjét a férfi irányába fújta. Addig csak korallkék szemének és apró fülcimpáinak volt tanúja, amelyek alatt a maszk pántjai húzódtak. A szíve olyan gyorsan vert, hogy biztos volt benne, kiszakad a mellkasából. Hogy megnyugtassa magát, körbe-körbe forgatta a jegygyűrűjét az ujján, és azon töprengett, vajon megéri-e ez a lány. Vajon elég volt neki ahhoz, hogy megkockáztassa a törvényszegést? Meghalna érte?

„Állj!" - kiáltotta, és hevesen a levegőbe emelte a kezét, mint egy dühös iskolai keresztező őr.

A lány még mindig menekülőben volt, a maszk alatt az ajkába harapott.

A férfi rögzítette a maszkot a helyén.

Miközben a falban lévő szem mögötte pislogott, azt suttogta: „Elfelejtettem megemlíteni, hogy nős vagyok?".

Tovább rohant felé, miközben a mögötte lévő ajtók kinyíltak.

„Elfelejtettem megemlíteni, hogy az IG-vel vagyok?" - érdeklődött, miközben a két űrruhás férfi a földre taszította.

Köszönetnyilvánítás

Kedves olvasók!

Köszönöm a csodálatos barátaimnak, családomnak és annak a csapatnak, akik az évek során érzelmileg támogattak engem és az írásomat, valamint azoknak (tudjátok, kik vagytok), akik technikai dolgokban segítettek, mint például a korrektúrázás, szerkesztés, stb. Komolyan nem tudtam volna végigcsinálni mindannyiótok nélkül.

És köszönöm, hogy úgy döntöttetek, hogy elolvassátok a könyvemet.

Mindannyiótoknak milliószor köszönöm!

Szeretettel,

Cathy

A szerzőről

Cathy McGough Kanadában, Ontarioban él és ír férjével, fiával, két macskájukkal és egy kutyájukkal.

Szintén By

FIKCIÓ

MINDENKI GYERMEKE

RIBBY TITKAT

www.ingramcontent.com/pod-product-compliance
Lightning Source LLC
Chambersburg PA
CBHW030134010826
48973CB00002B/550

* 9 7 8 1 9 9 8 4 8 0 7 7 7 *